霧中の読書

荒川洋治

みすず書房

霧中の読書・目次

I

I

椅子と世界

椅子には、ふたつの世界がある。

ひとつは、椅子にすわって、人の話を聞くときの世界だ。あ、あの人が出てきた。話しはじめた。話を終えた。その間じゅう、椅子のうえで聞いている。小さいときの教室で。大学の講義や、おとなの講座で。話が長いなあと感じるときもあるけれど、同じ椅子だから、さほど特別なことはないし、変化もない。椅子のほうも、じっとしている。

ただ、ときおり、子ども用の椅子に、おとながすわることがある。小学校のようなところで、何かの集まりがあり、話を聞くという場合だ。体が大きいので、壊れないかなと少し心配する。

以前、尾崎紅葉が、身振り手振りで話をし、それをみんなで聞いている、という情景を想像して短い詩を書いたことがある。おとなたちは子ども用の椅子で、話を聞くのだ。当時は会場も少ないので学校の教室を使うことも多かったかと思う。

なぜ尾崎紅葉かというと、文学口演というものを最初にしたのが尾崎紅葉らしいのだ。聴衆の椅子を小さいものにしたのは、小さな椅子だと、小学生のように、真剣に話を聞くことになるかもしれない。そんなことをぼくはぼんやり思ったのだ。真剣に話を聞く。人間のいちばん美しい、はりつめたひとこまである。

明治のころは、機会がなかった。地方であれば、はじめて、人の話を聞きに来たという人もいたかもしれない。そのいっときは、小振りな椅子とともに、思い出となり、その人の心に永くとどまったことだろう。

もうひとつは、いずれこちらが話すために、すわっている椅子の世界である。何かの集まりなどで、順番に、ひとこと話をしなくてはいけない。どんな話にしようか。落ち着かない。そわそわ。体も熱い。心は浮くばかり。椅子にすわっている気がしない。

ところが自分の番になり、話をしおえて、椅子にすわる。安心感から、まるで世界が変わってしまう。きちんとお尻をつけると、体から一斉に力が引き、とても気持ちがよく、別の世界にいるみたいだ。こんなに自分だけがしあわせになっていいのか。そんな気持ちになる。話す前と、あとでは天と地ほどもちがう。でも椅子は、その前とあとを、静物らしく沈着に、いつもの材質でうけとめてくれるのだ。

椅子といえば、たったひとりで、すわることもある。むしろその方が、いちばん多いのかもしれない。話をする人も、聞く人もいない。見つめるものもない。遠い世界にいるような、いつものことでもあるような。自分の顔の輪郭が、ぼんやりと目のなかに映る。特別ではないものの、よく見れば、不思議な感じ。

それはただ、椅子にすわっているという、純粋なひとときなのだ。立ちあがってみるほどのこともない。さみしいほどに安らかで、穏やかである。

風景の時間

どんな風景のなかを歩いてきたか。美しい風景でもないし、心洗われる風景でもない。なんの変哲もない、ありふれた風景のなかを通ってきたと思う。たとえば、いなか道を歩く。何かの草がはえている。ガードレールのついた道。情緒もない。取柄もない。見どころもない。この地点と別の地点をつなぐ。それだけの、まさに殺風景なものだ。歩くときは目をつむっているほうがいいな、とも感じる。いなかだけではない。平凡な風景はここかしこにある。

ぼくは最近、そういう風景に興味をもちはじめた。人が見ている風景の大半は、そういう風景であるからだ。

フォークナーの名作「八月の光」(一九三二)に、首飾りからはずれて、「忘れ去られた珠のような村とも言えないような小さな村を横切っていった」(黒原敏行訳)とある。印象に残るが、実際にはごく普通の村落を、このように表現しただけかもしれない。

木山捷平の小説「七人の乙女」（一九六七）に、「その辺はちょっとした小形の高原のような場所だった」とある。「小形の高原」とは楽しいが、実際には、普通の高台だったかもしれない。特徴のない風景も、描かれると姿を変える。特徴を身につけるのだ。

西脇順三郎の名詩「旅人かへらず」（一九四七）は、春夏秋冬の郊外の風光をめぐる。この長編詩の最後は「水茎の長く映る渡しをわたり／草の実のさがる藪を通り／幻影の人は去る／永劫の旅人は帰らず」。感動的な結びだけれど、そこにも普通の風景がひそんでいただろう。「水茎の長く映る」とはいえ、それはそのように書いてみただけのことかもしれない。詩情が実景をおおいかくしているのだ。小説も詩歌も、よき風景に応えるだけではない。平凡なものにも反応した。そのしるしである。

西東三鬼《さいとうさんき》『夜の桃』（一九四八）の代表句、「みな大き袋を負へり雁《かり》渡る」。これも一見、特別なものに感じるけれども、通常の晩秋の景色のようにも思われる。でも表現されることで、荘厳な空気がひろがる。

こうした地味な風景があることで、ことばが生まれる。思いも生まれた。人から見放されたかのような風景にも意味があるのだ。人はみな、それらといっしょに、とても長い時間を過ごしてきたのだ。

そんな風景を目にすると、そばに行って話のひとつも聞きたくなる。家族はいるのか。友人はどうか。将来何になりたいのか。心境を知りたい気分になる。心の深いところで、親しみを感じることもある。でもそれ以上のものではない。特別なものではないからだ。そんな気持ちで、今日も風景を見ている。

美の要点

色川武大（一九二九—一九八九）のエッセイと出会う人は、『うらおもて人生録』から読みはじめることが多いだろう。いまも絶えることなく版を重ねる著作で、その内容と体裁は、若い人たちに向けた人生論である。新聞に一年間連載された。

このなかで特に知られているのは「九勝六敗を狙え——の章」だと思う。勝ち負けで人生を見ると、「九勝六敗」あたりがいちばんいいとのこと。自分の人生と引き比べながら、ときどき息をとめて読んだ人も多いだろう。ぼくは何もしないときでも、ふと「九勝六敗」という文字を思うことがある。

もう一つ、印象に残るのは、「速効性とはべつの話——の章」だ。子どものとき、池田くんという男の子を好きになったことをもとに育まれた思考を自在に展開したものだ。

「もしも池田くんを好きになった時点で、彼と具体的に仲がよくなってしまったら、池田くんと直接に愛し合うことができたかもしれないが、その分だけ関係に個別的な枠ができてしまって、大勢の人々に関心を持つという方向に気持ちが伸びていったかどうかわからない」。ここでいう「愛し合う」は、心の世界のことである。

色川少年は、「自分と直接利害の関係のない、見ず知らずといってもいいような大勢の他人のことを想うという、なかなか捨てがたいよい癖を知らず知らずに体に備えて」いくことになる。ぼくはこの文章がとても好きで、いまだって何度も読み返すくらいなのだ。まず、語られている内容が深い。人間は「個別的な枠」をつねに求めて生きている。そこにさまざまなよろこびをみるのだが、それだけでは人生はみたされない、心がみたされることはないのだ、と述べているのだ。「大勢の他人のことを想う」ことは容易ではないが、それ以前に、「大勢の他人のことを想う」という視点そのものが、通常の人の人生では存在しない。でももしそれがあるとしたら、そこには普段見えることのない、いいものがあるのだ。自分を忘れるほどの新しくて楽しい世界が、そこから開かれていくのだと思う。あらためて色川武大の思考のすばらしさに思いを凝らしたい。

文章表現の点でも見どころがある。「なかなか捨てがたいよい癖を知らず知らずに体に備えて」というところ。「捨てがたいよい癖」というのが、だいじなところだとぼくは思う。「癖」というと、何か悪いものに思われるけれど、それが生きることの心棒になっていくなら「癖」は悪いものではない。そう判定しつつも、「捨てがたい」と控えめにいっておくことで、とてもバランスがとれるのである。一つの方向だけに流れないのだ。こうした文章の節目にも、それこそ捨てがたい感興がある。

色川武大の「友は野末に」などを読むと、「大勢の他人のことを想う」という、通常は存在しがたいものが、ごく自然に姿をあらわして、鮮やかに息づいていることを知る。「友は野末に」は、小さいときの友だちが、夢のなかに現れたりする話だが、その友だちがおとなになってからどういう人生を送ったのか、その十分には見えにくい世界を、真剣に思い描く話だ。遠くなった人は、以前にどんなに親しい関係を結んでいても、いつかは「大勢の他人」の一人になるのだが、色川武大はいつまでもその人のことを思うことができるのである。それは『戦争育ちの放埒病』に収められた「戦時下の浅草」でもたしかめられる。子どものときに見た芸人たち、名前だけは知っている人たち、その人たちの日々のまわりにいた人たちと、その回想はおそるべき記憶力と復元力によって、途方もなく拡張。多数の人の動静が記録される。どんな人たちも身近な人に感じられてくる。それがこのエッセイを読む人の、読んだあとの気持ちである。

「おしまいに——の章」で記される、優等生と劣等生の比較の結論もおもしろい。「劣等生だからって、のんきにしてられないよ。劣等生は、優等生とはまたちがう、鍛え方をしなくちゃ」といった一節に、びっくりする劣等生もいるかもしれない。また、ここで描写される優等生、劣等生の姿を通して、優等生だと自分で思っていた人も、もしかしたら自分は劣等生ではないかと思う。劣等生もまた、自分のなかに優等生が住みついているなあと、あらためて振り返り、あっちからこっちへと自分を移し変えることもあるはず。優等生と劣等生のどちらにもなってしまうのだ。自分を忘れて、世界がひろがっていく瞬間である。そのようになるということは、文章が行き届いていて、密度が高いことのしるしだ。これは他の人のものにはないのに、色川武大のエッセイにはいつもあることなのである。

『うらおもて人生録』は、一章一章の濃度が高いので、次から次へと読むことはできない。そうかあ、と感心しながら、人間についての新しい発見をしながら読むので、ことばと文章にしっかりと向き合って読むと、実はとても時間がかかるのだ。軽やかに書かれているのに、知らず知らずに心地よい重みがかかるのである。こういう文章は、日本の人生論ではこれまで現れたことのないものである。これは小説だが、アメリカの作家シャーウッド・アンダーソンの『ワインズバーグ、オハイオ』(一九一九)をぼくは思い出す。ちょうど百年前の短編連作だ(一つの長編でもある)。一つの町のなかで生きる人たちの孤独な、でもそれぞれに大切な人生を映し出したものので、二二編の短編は一つ一つがすばらしい重みをもつので、とてもひといきには読めない。だがそらおそろしいほどの感動をおぼえる名作だ。色川武大のエッセイは、アンダーソンの短編を思わせる。そんなはるか遠い例しか思いつかないほど、色川武大の文章は特別なものだ。

文章のなかに、ことばが飛び出すところも面白い。『ばれてもともと』の「雑木の美しさ」というエッセイ。山の中の過疎村を訪ねたときのことをつづる。まずは和歌山の村、色川郷。「ここは私の家系のルーツにあたるところだと以前からきかされていたので、一度行ってみたいと思いつづけてきた」。もう一つの村、愛知の村里を訪ねる一節で、ことばが出てくる。「亭主は寡黙な人らしかったが、一人でそこから九州に向かう私を駅まで送る役をみずから買って出てくれた。私たちは車の中で、美について、いろいろと話しあった」。

二人は、山の雑木の美しさについて語りあったのだ。「美」とは唐突なので、びっくりしたが、いつも会っている人ではないから、ふだん話さないことも語ることができるのかも。また、表題作「ばれてもともと」には、こんなところもある。「だからどうも、諸事にわたって丁寧な処理というものができにくい。要点から要点の生き方になる」。

ここでもおどろいた。要点ということばは、「生き方」といっしょに使うのだ。文章ではあまり見かけない関係だ、とまで思ってしまうような心地になったのだ。でもそのことばから一瞬にして、思考を要約する気配が生まれる。色川武大の文章のとてもいいところ、美しいところだ。というふうにして読んでいくと、これまでの人のものにはなかったエッセイの魅力が、いくつもいくつも現れてきて、時間を忘れてしまうのだ。自分を忘れてしまうのだ。

現象のなかの作品

ちょうど五〇年前。創文社のPR誌「創文」は一九六九年一二月号で、「日本の一九六〇年代」という特集をした。三二ページしかない冊子の限られた紙幅で一〇年間をジャンル別に総括。項目は「哲学」「政治」「法律」「詩」「文学」「音楽」「美術」だ。「哲学」は古田光、「政治」は河合秀和、「法律」は長尾龍一、「詩」は粟津則雄、「文学」は椎名麟三、「音楽」は角倉一朗、「美術」は中原佑介が執筆。この項目のことは以前のエッセイで簡単にふれたが、あらためて見てみると、「詩」が「文学」と区別され、独立していることにおどろく。詩の関心が高かったのだろう。「思想」「歴史」「演劇」「映画」などがないが、当時は前記の区分で十分にまかなえたのだ。

一九六〇年代、一九七〇年代の全国紙の文化欄は、ほとんどがたった一面（一ページ）だったように思う。夕刊を加えてもそれほど多くはなかった。文化欄には文芸時評、貴重な書簡の発見などの文学関係の記事と、遺跡の発見、言語学の新説、演劇、音楽、美術のことなどが載るのだが、その日にたとえば作家の随想と、歌舞伎の話題を載せると、それでいっぱいになるから美術、音楽は他の日になる。だからジャンル同士が競い合うかっこうになった。この緊張感は紙面の増加とともに、いつのまにか薄れた。現在は、ある曜日には美術だけで二面、音楽で二面というように固定したところもある。本来なら不要な記事も大きく扱われる。意義も価値も見えてこない。枠ありきだと世界はゆるむのである。以下、いくつかの現象について少しずつ書く。

霧の中の数字

「文学」の一角に、数字という社会がある。二年前、地方紙の依頼で、その郷土の詩人のことを書くことになった。どんな表記で書いたらいいのか。ひとまず、その地方紙の紙面を見たいので、送ってもらう。それを見てから原稿を書くのだ。「この詩集のなかの五編に、故郷ということばが出てくる」と、ひとまず書く。でも同紙に掲載されるときは「五編」は「5編」にされる。この「5」という表記に抵抗がある。そこで、「いくつかの作品」と書く。そうすることで、言いたいことがいくらかゆがむ。「二番目の作品」は「2番目の作品」に変えられるので、「その次に出てくる作品」で回避する。これも仕方がない。新聞各社の『新聞用字用語集』を見ると、1人、2人、3人と書く規定。でも「一人一人が注意しなくては」なら、「一人一人」でもいいようだ。漢語として定着したものや成句、慣用句は例外で、「一家3人」の「一家」は「1家」にしないで済む。「一期一会」「二人三脚」「三日坊主」「四苦八苦」もむろん大丈夫。では「一生に一度」はどうなるか。「一生に1度」にされかねない。「一週間に三度」は「1週間に3度」とされるはず。変えられる可能性が少しでもあるときは、代替の表現をさがす。想像以上に手間がかかる。

各紙で方針は異なるが、通常は「丸1日」「3人一組で構成」「4年に1度の五輪」という表記が採られる。ただし一律ではなく、書評欄では「25日」を「二十五日」とも「二五日」とも書くことができる新聞もある。紙面によって制限しないのだ。でもゆくゆくは「1長1短」「1生懸命」「研究1筋」「4面楚歌」「5里霧中」「50歩100歩」「10年1昔」が出現するかもしれない。成句、慣用句なのかどうか区別のつきにくいものは相当数ある。日本語で数詞が出る確率はかなり高く、文章全体の空気を支配する。以下、小説二つとエッセイ、評論の一節。

「荘十郎はそこで三食の世話をしてもらっていた。布団が一組、それに小さな柳行李ひとつあるきりの生活であった。飛鳥山から歩いて帰ってくると三十分はかかる。」（田宮虎彦「霧の中」一九四七）

このなかの「三食」は動かないとしても、「一組」は「1組」にされるかも。「三十分」は「30分」に。「柳行李ひとつ」は一連のことばだが、どうなるかはあやしい。「ひとつ」と仮名にしたことがさいわいし、そのまま生きるかもしれないが霧の中だ。

「驚いたとたんに今度は二時をうち、しばらくしてまた打ちはじめましたが、それはいつまでたっても止らず、三十一もなってからやっと止りました。」(安部公房「壁——S・カルマ氏の犯罪」一九五一)

「二七年の五月だったか、柴田錬三郎氏が、私に短篇を一つ書いてみないか、といった。「三田文学」六月号の締め切りが迫っているが、書ければ載せてみよう、というのである。」(吉行淳之介『私の文学放浪』一九六五)

「透谷の第二の鬱状態は、明治十八年、自由民権左派の政治活動から離れたのをきっかけにして、おとずれている。」(吉本隆明「日本近代詩の源流」一九五七)

いま登場した数詞の何か所かが洋数字に変わると、印象はずいぶん変わる。変えることに果たして意味があるのかどうか。ことばに対する意識は個人でちがうので、気にならないという向きもあるだろう。

気にならない人を見つけた。深沢七郎(一九一四—一九八七)である。中期の代表作『庶民烈伝』(一九七〇)収録の名品「おくま嘘歌」(一九六二)の書き出し。

「おくまは今年63で、数えどしなら64だが、「いくつになりやすか?」と聞かれると、「そろそろ、70に手が届きやアす」と言って、数えどしでは66にも、67にもなるように思い込んでいた。」

冒頭から洋数字だから、おどろく。年齢のところだけかと思ったが、そのあと、「おくまには息子1人と娘1人で2人しか子はなかったが」とか、「おくまが1人で作って家で使う野菜などは」「せんべいを1袋買って」「5羽や6羽のヒヨコなら」と、どんどん出てくる。『庶民烈伝』全体がこの状態なのだ。「一番末の孫」「一所懸命」などは漢数字。なぜかほっとする。作者名も「深沢7郎」ではない。

その前の「楢山節考」(一九五六)はどうだったのか。「おりんは今年六十九歳だが亭主は二十年前に死んで、一人息子の辰平の嫁は去年栗拾いに行った時、谷底へ転げ落ちて死んでしまった」「その日、おりんは待っていた二つの声をきいたのである」と通常の表記だ。「楢山節考」から連作『庶民烈伝』開始までの六年間のどこかで、深沢七郎は数詞を切りかえたのだ。本人はさほど意識しなかったかもしれない。話はまだ終わらない。『庶民烈伝』から一〇年後の一九八〇年の作品集『みちのくの人形たち』になると、「もう十年もたちますが」とか、「また四キロ進んだ」とか、「六十歳以上もの年上の人が」というように、もとに戻っているのだ。作品の内容に合わせた感じはない。ただ、戻ったのである。人が「1人」、ときには「1羽」のヒヨコくらいにしか見えない。それが深沢七郎の文学の他にはない特性でもある。『庶民烈伝』は、もっとも深沢七郎らしい一冊なのかもしれない。こんなこともあるので、表記はしっかり見ておく必要がある。

各新聞の投稿欄は、読者の声が聞こえる大切な紙面だ。たいていは断り書きが付いていて、みなさんからの原稿は一部を改めて掲載することもあると記されている。「趣旨は変えずに直すことがあります」（朝日新聞「声」欄）。投稿はそのままではなくアレンジされるのだ。たとえば年輩の人が「・・で御座居ます」と書くと、「・・です」に変えられるはず。「皆様方」は「みなさん」に、「宜しく」は「よろしく」、「致します」は「いたします」、「併し」は「しかし」、「又」は「また」、「料簡」は「了見」、「筈」は「はず」にされるはず。

投稿者が実際に、どういう語句をつかい、どのような漢字・仮名の配合で書くのか、現在の一般的な文章のようすを知りたい。旧字はどの程度使われているか。若い人たちの文章も見たい。大学で学生の文章を読むと、子どもが書いたようなものが多い。話すことはえらそうなのに、書くとなると主語も述語も不明で、しどろもどろ。でも投稿欄では整ったものに変えられるだろう。誤字・脱字を直すだけにして、そのまま掲載すれば、文章の水準や語彙のようすがわかる。現在の国語の状況を知ることができる。むろん新聞には、それはできない。どこでならリアルな文章と出会えるか。市や区が発行する広報紙の一角に投稿が掲載されることがある。これはまず第三者の手が入らないので、ありのままの姿が見られるかもしれない。新聞の投稿欄は、書いた人の意見という「声」は届けるが、「文字」や「ことば」を届けることはない。実像が報道されることはないのだ。

コブタンネ

金史良《キムサリャン》（一九一四―一九五〇＝未詳）は、在日朝鮮人作家の道を切り開いた人だ。『光の中に』（講談社文芸文庫・一九九九）も品切なので、いまはほとんど読まれることのない作家だ。地域としては現在の北朝鮮の生まれ。東京帝国大学を卒業し、「文芸首都」に日本語で作品を書き、注目された。弾圧により戦時中に帰国。朝鮮戦争では朝鮮人民軍の従軍記者に。一九五〇年一〇月ころ、韓国・原州《ウォンジュ》付近で亡くなったとも伝えられるが詳しいことは依然不明。先年ぼくはそこが金史良最期の地とは知らずに、原州の町を歩いた。『金史良全集』全四巻（河出書房新社・一九七三―一九七四）の第一巻に「コブタンネ」という短編がある。発表誌は不明。第一作品集『光の中に』（小山書店・一九四〇）に収録されたから多分一九三九年ころの制作か。幼時の回想だ。

「それはコブタンネと云つて、私の家の貸部屋に住む娘だつた。」

彼女は「私」より少し年上の、貧しい家の子。みなで鬼ごっこをするとき、コブタンネと「私」は、籾俵のところに隠れたりする。彼女は快活で、笑うと可愛いが、生意気なところもある。そのあとコブタンネは靴下工場の女工になり、職工の男と恋愛をし、いまは、内地人のところへ奉公に出ていると、「私」の母から聞く。そのあと、彼女は内地人のところを追い払われ、「私」の貸部屋からも一家は去る。コブタンネにさようならを言いなさいと母にいわれたが、「私はつひ不機嫌になつてそつぽを向き、誰がそんなことを云つてやるもんかと呟いた」。

一五年、経過。「私」の一家は郊外に移る。ある日の夕方、近所で、女性の声がする。このあたりに、「セバン、オプケッソ（貸部屋はないでしょうか）」と。コブタンネだった。この界隈で部屋をさがしているのだ。彼女は三〇歳近くになっていて、子どもをおぶっている。「彼女の裳裾《チマ》には昔の私の年位な男の子がまつはりついてゐた」。彼女はそのあと「私」の家にも来て、「私」を見て少しおどろいたふうだったが、澄ましていた。昔と同じだ。そして昔と同じように、彼女は貧乏をしていた。そう記して作品は終わる。

ぼくはこの作品のようすが好きだ。子どものときのことは、誰にも親しみがある。「私」とコブタンネのかかわりを通して、人と人の子どものときの関係が、そのあとどのようになるかを知るのもうれしいものだ。さらっと書かれているが、味わいは淡泊ではない。金史良は朝鮮の子ども時代のことを、外国語である日本語をつかって描いた。そのときどんな気持ち、気構えで書くのだろう。というように一つ二つの感想を抱えながら読むと、短い作品にいくえもの影が漂うように思えて興味は尽きない。なお「内地人」は、ここでは日本人のこと。日本統治下の朝鮮などでこのように使われた。日本国内に住む日本人のことは、どう言ったか。小尾十三の書き下ろし長編「新世界」（芥川賞作家シリーズ『小尾十三集』学習研究社・一九六五）に、「またお前がオアシスと思う友達もこの僕も、内地の内地人と同じである事を、忘れてはいけないよ。と私は崔聖亀に心籠めて手紙を書いた」とある。「内地の内地人」という言い方もあるのだ。

「コブタンネ」は、再読である。金史良のあとを引き継いだ金達寿、戦時中の朝鮮を描く小尾十三、少年期を朝鮮で過ごした小林勝の作品を読んでいた。そのあと広津和郎の批評やホーフマンスタールなど外国の作品に移った。だが、ある日ふと「コブタンネ」という作品をまた読みたくなったのだ。この半年の間に読んだものが、からだのなかで小さな道をつくって、それがふと、「コブタンネ」に通じる道になったのだ。「コブタンネ」という作品の味わいは、単独では見えてこない。何か別の方向からでかけてみると、隠れた味覚が感じとれる作品なのかもしれない。朝鮮の昔の子どものことは遠い世界の話である。日本人として読むと少し苦しい思いになることもある。でもよかったなと思った。何かをふと思うとき、「貸部屋はないでしょうか」の声が聞こえてくるかもしれない。とても遠い声なのに、その声がぼくにはいとおしい思い出になるのだ。まるで自分の思い出のように、ぴたりと胸にふれてくるのだ。

活字の別れ

「コブタンネ」と同じようにカタカナの題名をもつ短編に田山花袋「トコヨゴヨミ」（一九一四）がある。「蒲団」「田舎教師」などの名作を仕上げたあと大正期に入り、心のゆとりができたのか、これまでとは趣向の異なる作品を書きはじめた頃の一作で、日本文学全集では集英社の『田山花袋集』（一九六七）だけが収録。本州の北端に生まれ、北海道に渡った勇吉は、薬を売る仕事につくが、思うようにいかない。社会主義者の嫌疑もかけられ、どこへ行くにも巡査ににらまれる日を送るが、ふと自分が発明した暦を、売り歩くことを思いつく。千年前でも千年後でも、その日の曜日がわかる新案の暦で、彼はそれを「トコヨゴヨミ（常世暦）」と名付けて、海峡を渡り、東京へ向かう。「勇吉は着いた翌日から、あちらこちらと活版所をさがして歩いた」。ある活版所に印刷を頼んだが、なかなかできあがらない。催促に行くと、「どうも廻すところがうまくいきませんでな」。なんとか出来た暦をあちこちの店に置いてもらうが、まったく売れなかったという話だ。モデルは、青森・黒石生まれの詩人で口語短歌の先駆者、エスペラント語研究の鳴海要吉（一八八三―一九五九）とされる。一時期、花袋の書生をしていた。花袋は彼の半生をヒントに「トコヨゴヨミ」を書いたのだろう。その一節、「十月の初めは、もう内地の初冬のころの気候で、林の木の葉は黄葉してバラバラと散った」。北海道の人は、本州を内地と呼んだのだ。内地ということばについて、また書いた。内地という呼び方は多くの人が知ることだが、どのように使われたかは伝聞ではなく実際の作品でたしかめるしかないので、ここに書いておいた。

さて「活版所」とは印刷所のこと。当時はすべての印刷物は活字を組んでつくられた。活字とは鉛、アンチモン、錫の合金の金属活字のこと。文選工、植字工が一つ一つ活字をひろい、版をつくりあげていく。明治、大正、昭和と活版印刷はつづいたが、写植文字などの登場もあって一九七〇年前後からオフセットへの転換が始まり、現在に至る。いま活版で印刷するところはほとんどない。活版印刷では凹凸面が、じかに用紙と接する。オフセットは、インキをブラケットという樹脂・ゴム製の転写ローラーにいったん移して紙に転写するので、版と用紙がじかに触れない。紙に、文字がくいこむのが活版。立体感がある。刷られた文字に格調がある。オフセットではそれがないので紙面の印象は平板。いまは活版の本を見かけることはまずないので、若い人たちにはわかりづらいかもしれないが、活版を知る人は、見れば活版だとわかる。いまはオフセットでも、活版に勝るほどに、とてもきれいなものが多くなったが、一九七〇年前後のオフセットの本は活版の本に比べて、無残なほど見劣りがした。

活版は、一つ一つの活字を職人たちが拾って組み上げるので、書き手も、手間をかけさせてはいけないと思い、正しいことばでしっかり、まちがいなく書こうと、多少とも気を引き締めたものだ。いまはパソコンの画面のなかでつくり、訂正や差し替えも容易。他人の介在がないので気軽になり、文章もかるく書いてしまう面がある。書く量も増大した。

「平成の文学」を振り返る企画がふえた。いろんな見方があるだろうが、昭和と平成のちがいは、活版とオフセットのちがいであるようにぼくは思う。印刷方式で文学を区別するとは、あまりに単純な話だが、昭和の末年・平成の初年（一九八九年）前後に、活版はほぼ日本から消滅したのだ。その現象も一つの尺度にはなるはず。

漱石、鷗外、藤村、独歩、白秋など近代の作家たちの生前の単行本は、すべて活版。時代は飛ぶが、一九七〇年ころまでに活動をやめた、あるいは亡くなった人の生前の本もすべて活版とみていい。中勘助、谷崎潤一郎、室生犀星、西東三鬼、三好達治、林芙美子、伊藤整、高見順、丸岡明、小山清、梅崎春生（生年順）など多数いる。ただし彼らと同世代あるいは同時代に活動した人で、一九八〇年以降も活動をつづけた人たちは、一部あるいは全部の著作がオフセットになる。長く生きることは、新しい時代のなかを生きることなのだ。井伏鱒二、中野重治、佐多稲子、幸田文、丹羽文雄、大岡昇平、野間宏、中村真一郎、水上勉、安岡章太郎、瀬戸内寂聴、吉行淳之介、高橋たか子ら（生年順）、詩歌では西脇順三郎、小野十三郎、草野心平、田村隆一、飯田龍太ら。そして村上春樹、町田康、又吉直樹など現在活動中の多くの人がそこに入る。だが作家自身の希望や制作者の意向で活版にこだわる例もある。以下簡単なリストをつくってみた。☆は活版（本文が活版印刷）。無印は、現行のオフセット印刷。活版からオフセットへの移行期にあたる一九八〇年以降、約一五年間の何冊かを挙げてみる。刊行順。

［移行期のリスト］

小田嶽夫『城外　夜ざくらと雪』青英舎・一九八〇☆
内田義彦『作品としての社会科学』岩波書店・一九八一☆
広津桃子『石蕗の花』講談社・一九八一☆

八木義徳『一枚の繪』河出書房新社・一九八一☆
結城信一『石榴抄』新潮社・一九八一☆
田村隆一『スコットランドの水車小屋』青土社・一九八二☆
草森紳一『旅嫌い』マルジュ社・一九八二☆
島村利正『清流譜』中央公論社・一九八二☆
井坂洋子『話は逆』気争社・一九八三☆
寺山修司『われに五月を』思潮社・一九八五☆
磯田光一『昭和作家論集成』新潮社・一九八五☆
伊藤永之介『秋田』無明舎出版・一九八五☆
佐多稲子『月の宴』講談社・一九八五☆
耕治人『天井から降る哀しい音』講談社・一九八六☆
大原富枝『山霊への恋文』福武書店・一九八七☆
長谷川四郎『山猫の遺言』晶文社・一九八八
耕治人『そうかもしれない』講談社・一九八八☆
司馬遼太郎『街道をゆく30・31』朝日新聞社・一九八八☆
野口冨士男『少女』文藝春秋・一九八九☆

吉行淳之介『目玉』新潮社・一九八九
浜賀知彦『黒島伝治の軌跡』青磁社・一九九〇☆
野口冨士男『しあわせ』講談社・一九九〇
網野善彦『日本の歴史をよみなおす』筑摩書房・一九九一
紀田順一郎『内容見本にみる出版昭和史』本の雑誌社・一九九二☆
北杜夫『神々の消えた土地』新潮社・一九九二☆
富岡多惠子『中勘助の恋』創元社・一九九三
黒板伸夫『藤原行成』吉川弘文館・一九九四
後藤明生『しんとく問答』講談社・一九九五
伊藤信吉『監獄裏の詩人たち』新潮社・一九九六

純文学一筋の作家、野口冨士男の作品集『少女』（文藝春秋・一九八九年五月）は平成元年。活版だ。その翌年の『しあわせ』（講談社・一九九〇年一一月）からはオフセットに。これは一例だが、平成期を迎えた時点の前後で、単行本も文庫もほぼオフセットに切り替えたとみていい。ただしこんな例もある。「第三の新人」のなかで特異な存在だった結城信一（一九一六―一九八四）は『青い水』（緑地社・一九五五）から『不吉な港』（新潮社・一九八三）まで生前一四冊の著作があるが、すべて活版。オフセットの拡大期にも活版だった。ことばや文字（旧仮名、正字をつかった）の美意識をもつ人だけに活版への思いも強かった。行商の人など市井人の心象を丹念に描いた鬼才、島村利正（一九一二―一九八一）の生前の著作一二冊もすべて活版。耕治人《こうはると》（一九〇六―一九八八）も、世評の高い最後の著作『そうかもしれない』（講談社・一九八八）まで終始活版で、オフセットの波を回避した。彼らの共通点は寡作であること、少数だが一定程度の読者をもったこと、その著作が美術品のようなものであることを読者も願ったこと。活版にふさわしい人たちだった。結城信一、島村利正、耕治人はそれぞれ特色のある文学を熟成させ、昭和後期に亡くなった。活版文化と共に生きた人たちだ。彼らのような作家はその同世代でも稀少だ。

北村太郎の詩集『冬を追う雨』（思潮社・一九七八）が出たときは、他の人たちの詩集も活版が多かったので、さほど印象がなかったが、いま開いてみるとどうか。あまり例のないほど大判の詩集に一八編をゆったりと収録。各詩のタイトルは「1号活字」（一字の一辺が約八ミリ）なので、その部分は彫り物のような立体感がある。寺山修司『われに五月を』（思潮社・一九八五）のタイトルは「初号活字」。「1号」より一段階大きく、一辺は約一三ミリ（これ以上大きい金属活字はない）。「森番」というタイトルなど、ほんとうに森番がいるような迫力だ。いい作品だと活字はさらに美しく見える。活版でも、内容のない本だとかえってなかみのまずしさが目立つ。だから活版にふさわしい詩文はごく少数。ぼくはひところまで活版に愛着をもったが、いまはオフセットの本にもとてもいいものがあるので以前ほどの思いはない。だが活字の世界を知っていることは一つの時代経験だと思う。

すべてがオフセットの時代になると、書物に対する気持ちがうすまる。本という「物」を見つめることで、内容のよさ、文章の美しさだけではなく、「物」が生まれるまでにかかわる人たちの工夫や努力、多くの人の存在の手触りを感じるなど、さまざまなことがわかって意識が広くなる。そうしたことがないと書物はただの情報の容物になってしまう。みんなが簡単に書ける時代になると、書き手もまた軽い人に見られていく。一〇年ほど前から、小説家のことを作家とはいわずに「作家さん」という人たちがとてもふえた。親しみを表すことばにも思える。現に作家たちは、ひところの小説家とはちがって身近な存在だ。書店の人も、「いま人気の作家さんなんです」などと使う。新・直木賞作家が先日、NHKのラジオ番組で「他にこういうものを書く作家さんがいなくなって」と話していた。作家もまた「作家さん」ということばを使うのだ。軽いものばかりが書かれるから「作家さん」にされるのだろうが、「作家さん」は作品を書くすべての人を軽くみる動きをつくる。故人についても用いる。作家の遠藤周作は、と、どうしていえないのだろう。なぜ「遠藤周作という作家さん」になってしまうのか。「気づき」ということばも最近よく使われる。「学び」もよくいう。「この日の敗戦には、学びが多いかも」と、先日テレビからもれてきた。「気づき」は心理学のほうのことばなのかもしれないが、いったんそのことばで視線を止める働きがあるので、使いみちはあるかもしれない。だが「作家さん」と同じようにものごとを甘くみるようすもある。そのことに「気づき」をしてほしい。「受け止め」「書籍化」「事案」の多用、定着についても同様である。

副題という主題

リストの最初のところにある、広津桃子の小説には実は副題が付く。書名は『石蕗《つわ》の花――網野菊さんと私』。先輩の作家、網野菊との交流を描いた名作だ。評伝小説の場合は小島政二郎『小説永井荷風』、檀一雄『小説太宰治』、多田裕計『小説芭蕉』、小田獄夫『小説坪田譲治』のように副題のないものが多い。副題を添える小説は、いま思い浮かぶものを挙げると、鈴木彦次郎「闘魂――二所ノ関物語」、安部公房「壁――S・カルマ氏の犯罪」、大原富枝「於雪――土佐一條家の崩壊」、保高みさ子「花実の森――小説文芸首都」などがあるがとても少ない。「路傍の石」なら「路傍の石」、「野火」なら「野火」、「桜島」なら「桜島」、「富士」なら「富士」と決然と打ちだすところに題のよさがある。他にもりこみたいことがあったり、単純なことばでは表しきれないものがあったり、内容が少しちがうものに見られる危険があっても、それを承知のうえで敢えて、というところに、古来題名の意義がある。いのちがある。詩集、歌集、句集やエッセイ集も同様に副題は少ない。文芸批評や学術的論考は、対象を明らかにするために副題を添えることが少なくない。和辻哲郎の名著『風土』も「人間学的考察」という副題をもつ。磯田光一『比較転向論序説——ロマン主義の精神形態』（一九六八）は、表題だけでは意味がつかめないので、この程度は必要になる。

首をかしげたいものもある。寺山修司『戦後詩——ユリシーズの不在』（一九六五・現在、講談社文芸文庫）は、現代詩論としてとても魅力のあるものだが、「ユリシーズの不在」とはいったい何だろう。日本人の大多数はギリシア神話に暗い「風土」だから、これは無理。副題の失敗例かと思われる。「ユリシーズ」もわからないうえに「不在」が来ると、よりわからないという、ぼくのような人は他にもいるだろう。読む人がみんな寺山修司のような教養人ではないことを天才寺山修司はつい忘れたのだと思う。この寺山修司の本を企画、編集した村上一郎が、のちに、『草《そう》莽《もう》論——その精神史的自己検証』（一九七二・現在、ちくま学芸文庫）を書く。明治維新前夜、列島各地に生まれた「草莽」の人影を照らす、これも独創的な著作だが、「その精神史的自己検証」という副題は余計だろう。この本は「草莽」の実像をとらえるのではなく「草莽」を熱く思い描く「文学書」にとどまるところに、よさがあるとぼくは思うのだ。多分著者は「草莽」を十分に実証できなかった自覚があり、そのことを副題に潜ませたのだと思う。その『北一輝論』（副題なし）のように『草莽論』だけでいいように思う。

副題が最近とても多い。新刊の書名を挙げてみる。『隣人ヒトラー——あるユダヤ人少年の回想』

『想起の文化――忘却から対話へ』『終末論の系譜――初期ユダヤ教からグノーシスまで』『歴史と永遠――江戸後期の思想水脈』『古代ギリシア教父の霊性――東方キリスト教修道制と神秘思想の成立』『植民地朝鮮の民族宗教――国家神道体制下の「類似宗教」論』『ポスト・アンベードカルの民族誌――現代インドの仏教徒と不可触民解放運動』『団結すれば勝つ、と啄木はいう――石川啄木の生涯と思想』『鉄と火と水の技――時代の波と鍛冶職人』『異端の時代――正統のかたちを求めて』など、単行本も新書も副題を付けることが恒常化した。異常なほどの増加だ。なかには、いい副題と思えるものもあるが、ことばを絞り切れなかった形跡のものもある。内田義彦は『作品としての社会科学』(岩波書店・一九八一)のなかで、「思想の作品は、質の高低にかかわらず、その道の専門家＝生産者の理解と評価を目的に書かれる生産財ではない。むしろ質の高いものほど専門の壁を越えて万人に深くうったえかける」ものだとし、論文を書くときも「作品」としての意識をもつように心がけなくてはならないと記す。副題の増加は「専門の壁」を印象づけるもので、「作品」を書く覚悟が薄れているしるしでもある。批評や学術の世界で筆をとる人は、ことばを絞る力、決断する力をもっと養わなくてはならない。ちなみに『作品としての社会科学』に副題はなく、その巻末に大塚久雄の『国民経済』など、思想・学術書の新刊と関連書六冊の広告があるが、副題のある本は一つもない。

最近の批評家の特徴はどんなところにも顔を出し、まことしやかなことを言う点にある。ある若手の評論家は、文芸・学術各誌に登場。石牟礼道子について書き、岡倉天心について書き、鈴木大拙や原民喜についても書き、河合隼雄、須賀敦子について連載し、漱石についての本、茨木のり子の詩についての放送テキストまで刊行。それらはいずれも本格的な長さのもの。誰についてもたくさん書けるのだ。この人は、すべての学者、芸術家の専門家なのかもしれない。読んでみると自信家であることはわかるが、特別な印象も魅力もない。その人らしさもない。先日詩集を出して受賞したので読んでみたら、素朴なのはいいが、ものの見方がすこぶる単純。ほんとうはあまりものを考えない人なのではないかと思った。自分というものがない人だから見境なく書けるのだ。この時代ならではの知性の人である。震災後の特需景気に乗って、簡易ブログで安易なたれながしの詩を乱発して増長し、名士となった若手詩人との往復書簡の、長い新聞連載があった。二人は似たもの同士なので意見が合っていた。同じような人は他にも詩の世界にいる。西欧文学系統の詩人だけではなく、まるでその人にはにあわないと思える石原吉郎（シベリア抑留体験をもつ戦後の代表的詩人）についての本を書いた。石原吉郎論の本が隆盛なので同調したのだろうか。その人はいろんな人の詩集の推薦文や栞の文を書くので、いかにもそれらしいことばでほめるので、ほめことばをほしい人たちが、どんどんこの人に集中。先輩の名だたる詩人たちも、それにならう。知名度はまし、いろんな詩の賞を受賞するが、これといった代表作はないし、作品に確たる特徴もない。ただ旺盛なのだ。さかんに筆が動くのだ。その点ではたしかに有能な人だ。論争もない、批判もない、状況に動きのない無風の状態なので、その活動はこれからもつづく。「図書新聞」連載中の「詩——クロニクル」欄の執筆は、添田馨。本来なら詩の状況を書く欄なのに、詩を無視。政治、社会、状況批判を連綿とつづける。最初はどうかと思ったが、思いなおした。状況なしの時代にはこうした潔さも一つの判断かもしれない。

「第三の新人」の活動に呼応した評論家、十返肇に『五十人の作家』（講談社・一九五五）という本がある。明治・大正から戦後に登場した人たちの作風と問題点などを一人数ページ程度で簡潔に、軽妙に論じる。批判もてきびしい。「作品としての批評」なのである。いまは特定の人気作家（太宰治、宮沢賢治など）、語りやすい経歴をもった作家（島尾敏雄、原民喜、須賀敦子など）について分厚い本を書いて評価されようという例が多いが、力のある人なら五枚ていどで書けるようなものもある。個々の作家について書くのではなく五〇人、一〇〇人のいろんな文学者たちの存在をまずは知らせるというのが批評家の基本の仕事であると思う。「文学」が凋落し、基礎理解がまずしくなったいま、十返肇のような批評家が必要になる。ただ長く書く人はいらない。

志賀直哉、佐藤春夫、山本有三、高村光太郎、川端康成、中野重治、広津和郎ら近代・現代文学をになった一六人の証言を伝える、高見順『対談　現代文壇史』（中央公論社・一九五七、のち筑摩叢書）が手もとにある。聞き手・高見順のことばも冴えわたる。どの対談も貴重だ。

広津和郎は、中村光夫との「「異邦人」論争」（一九五一）について、正直なところを話す。「齢はとりたくないものです」という、広津和郎に対する中村光夫の名せりふも飛び出した論争だ。

ところで広津和郎は、中村光夫の反論は読まなかったという。「軽蔑しての意味じゃないんだ」「中村君にあんまり関係のないことを、中村君は議論しようと言うんだから、あれは議論するだけのことなんだ」「そういうのと議論して勝ったり負けたりというのは、何んの興味もないんでね」。自分の心と関係のないことを扱う文芸評論への痛烈な批判でもあるだろう。でも松川裁判批判で見せた、広津和郎の長期にわたる闘争を知っている人は、どう感じるか。「あんまり関係のないこと」でもこれと決めたときには徹底的にかかわっていくのが広津和郎だった。それを思えば、この広津和郎のことばは、それほど単純ではないが、「中村君にあんまり関係のないことを、中村君は議論しようと言うんだから、あれは議論するだけのことなんだ」ということばをかみしめたい。「議論するだけのこと」にならないように対象を選び、ことばを絞り、適切な分量で書き表していくべきなのだろう。それにしてもこの発言は、ほとんど論争の内容にふれていない。対談の前後に何も記されてない。これだけでは多少の事情すら、後世の人にはわからないかもしれない。つまり「文章として完成していない」のだ。まったく不完全なのだ。なのに、あとかたもないとは感じない。とても多くのことが、話しことばのきれはしから伝わるように感じるのだ。ここには見るべきものがある。一つの「作品」があるのだと思う。

荷車の丘の道

著名な文人が、文学活動を完全にやめることを報告する。それが「チャンドス卿の手紙」だ。四〇〇字詰原稿用紙で三〇枚ほどのこの散文は、文章を書く人の大多数に直接かかわる問題を早々と提起した。

本書『チャンドス卿の手紙／アンドレアス』（丘沢静也訳・光文社古典新訳文庫）は、オーストリアの文豪、フーゴー・フォン・ホーフマンスタール（一八七四―一九二九）の代表作五編の新訳だ。表題作「チャンドス卿の手紙」（原題「手紙」）の翻訳は『フーゴー・フォン・ホーフマンスタール選集』第三巻（河出書房新社・一九七二）の富士川英郎訳、岩波文庫『チャンドス卿の手紙他十篇』（一九九一）の檜山哲彦訳、岩波文庫『ホフマンスタール詩集』（二〇〇九）所収の川村二郎訳などにつづくものだ。

ホーフマンスタール（ホフマンスタールとも記す）は、オーストリア＝ハンガリー帝国の首都ウィーンの生まれ。一五歳でホメロス、ダンテなどを原語で読みこなす。一六歳から詩作、「早春」「体験」などきわめて完成度の高い傑作を書く。一九歳で詩劇「痴人と死」（森鷗外が翻訳）。早熟の文才を謳われ、文壇の寵児に。本書収録の小説「第六七二夜のメールヘン」「騎兵物語」など三編は二〇代。詩、韻文劇、小説に大きな才能を示したが、一九〇二年、二八歳のとき「チャンドス卿の手紙」を書いて、詩と小説の筆を折り、劇作の道を歩む。舞台を通して社会との関わりを深め、歌劇台本「ばらの騎士」、悲劇「塔」など多くの名作を残した。

転換点となった「チャンドス卿の手紙」は、一六〇三年、イギリスの文人貴族フィリップ・チャンドス卿（架空の人物・二六歳）が、年長の友人である哲学者フランシス・ベーコン（一五六一—一六二六）にあてた返書だ。

チャンドス卿はいう。『新説パリス』『ダプネーの夢』『祝婚歌』（彼はこれらの作品で名声を得たらしい）を書いた自分は、もういない。これまでと現在の間に奈落があり、橋が架からない。精神、魂、身体といった語をつかうのも苦手。「判断を表明するためには、当然のことながら舌にのせざるをえない抽象的な言葉が、私の口のなかで腐ったキノコのようにぼろぼろと壊れたのです」。四歳になる娘を叱ったとき、「いつも本当のことを言わなければならないよ、と諭そうとしたのですが、そのとき私の口のなかに押し寄せてきた概念たちが、突然、玉虫色に光りはじめて入り乱れ、区別がつかなくなった」。「私にはもう、ものごとを単純化する習慣の目で見ることができなくなってしまった」と。

だが、それでも、感動はあるという。「取るに足りない被造物や、犬や、ネズミや、カブトムシや、発育不良のリンゴの木や、くねくね曲がっている丘の荷車の道や、コケの生えた石のほうが」、「あふれんばかりの愛をもって私の目の前で私に迫ってくる」ので、そうしたものをこそ表現したい。でも英語でもラテン語でも書けない。他の言語も同じ。その単語を一つも知らなくても「ものを言わない事物が私に話しかけてくる」、そういう言語でならこの先何かをすることができるかもしれないと述べて手紙は終わる。

一九〇二年の時点で、ことばへの不信、文学の危機、詩文の限界を表示した「チャンドス卿の手紙」は、二〇世紀文学の原点として広く知られることになる。だが青年の成長史を描く未完の長編小説「アンドレアス」が後年書きつがれたことを思えば、「チャンドス卿の手紙」の意義は一つではない。

この小品の流れるようなことばの美しさは格別だ。書けないということをとても的確に、鮮やかに描き出しているからだ。書くことで見えることではなく書かないことで見えることへと視界を切りかえ、重心を移すことで文章活動の確認を行った、あるいは、来たるべきものに向けて自分を引き締めた。そういう作品としてとらえるほうが自然かもしれない。現代は読む人は稀少で、書く人ばかりになった。ほんとうに自分は書いていていいのか。安易にこんなことをしていてよいのか。何かの判断が必要ではないか。そろそろフランシス・ベーコンに手紙を出さなくてはいけないのではないか。十分に思いをめぐらすためにも、「チャンドス卿の手紙」は、今日も重要な作品だろう。その場合でも、さほど深刻になる必要はない。「チャンドス卿の手紙」のなかを漂う、小さいもの、ひよわなものに向けるやわらかな愛情や、文章の明るさも、この作品の魅力なのだ。今回の新訳も含めて、何度読んでも色あせないのはそのためだろう。

本書からは離れるが、ホーフマンスタールには「道と出会い」(一九〇七・前記『選集』第二巻などに収録)という、未知の宝石のような輝きを放つ作品がある。「抱擁」よりも「出会い」のほうに人間のゆたかな可能性がひめられていることを、起伏の美しい、すばらしい文章でつづったものだ。また、一〇代後半から始められた文芸批評も、古典から同時代まで広範囲に及ぶ、すぐれたものばかりだ。「チャンドス卿の手紙」は、全体の活動の一つの道標として見るべきものなのだろう。ホーフマンスタールはこのときだけ、立ち止まった。手紙を書いた。

乙女の英語

子どもの情景を描いた二編を紹介したい。アレクサンドル・ヤーシン（一九一三―一九六八）の『はだしで大地を』（太田正一編訳・群像社）がこのほど刊行された。ヤーシンは詩人として出発し、小説など散文でも活躍。日本では初めて紹介される作家だ。作家の郷里である北ロシアの自然を背景に書かれたものが多い。そのなかの「鶴」（一九五四）に魅せられた。

「わたしの幼いころには、心浮き立つことがいっぱいあった」という書き出しで始まる、たった六ページの短いエッセイだ。秋になると、畑は明るくひろがり、「地平線がはるか彼方に遠ざかっていく」。空には、渡り鳥の鶴が飛んでいく。子どもたちは、その鶴たちに、地上から声をかける。

鶴さん、鶴さん、

空より高く、地上《ここ》より高く
尖ったモミの、
防柵《トゥイン》の上を
楔《クリン》のままで、
まっすぐそのまま
帰っていくんだよ～！

なんて、はやしたてるのだ。楽しいね。そのうちに、エスカレート。先頭を飛んでいる鳥に、「先頭《あたま》の鶴は／針路をはずれろ」なんていってしまう。すると……。「とたんに鶴たちの三角編隊は乱れ始める。それまでしんがりをつとめていたのが、いきなり先頭に躍り出たり、極端に片側に寄ってしまったりする」。子どもたちのことばで、鶴の隊列が乱れ始めるというのだ。鶴が、子どもたちの「声」に応えたとは思えないけれど、そんなこともしかしたら、あるのかもしれないと思う。子どもたちの楽しそうなようすが伝わる。地上の動物と、心を通わせることは多いけれど、空を飛ぶ鳥となると、あまり描かれたことがない。読んでいるだけで、楽しい気持ちになる。他に「犬でも牛でもなく」「ヘラジカ」、短編「市中の狼」など動物の登場するものが多い。子どものときに見た自然や動物のイメージが大切にされているのだ。ヤーシンの作品には、新しい感情の世界がひろがる。これからも翻訳されてほしいと思った。

もうひとつは、木山捷平（一九〇四―一九六八）の短編「柿若葉」（一九六二）。『暢気な電報』（幻戯書房・二〇一六）に収録された。木山捷平は昭和期の作家。『大陸の細道』（解説・吉本隆明）、『長春五馬路』（解説・蜂飼耳）など一〇点を超える著作が講談社文芸文庫になり、いまも世代を超えて愛読される。「柿若葉」も、ヤーシンの「鶴」と同じく六ページに収まる短い作品。背景となった時代もほぼ同じだ。

以久子という女性が、春の日、柿の若葉を見ながら、女学校のときのことを思い出す話。以久子は、朝出るときは雨だったのに、晴れてきたときなど、途中の草むらに、もってきた傘を隠すことがあった。隣り村の男子生徒も、同じことをしたらしく、ある日、互いの傘をとりちがえてしまう。そのことに気がついた男子生徒は、草むらに傘を返しに来るが、その彼と、同じく傘を取りに来た以久子が、道でばったり会ってしまう。ああ、なんと、言ったらいいのか。以久子は、胸が高鳴る。そして彼女の口から、「フー・アー・ユー？」と、思わず英語が飛び出したのであった。こんなところで英語が出るなんて。日本語だと当時は「男女交際」になってしまう。英語だと、いいのではと気転をきかした、とある。英語にはそんな力もあるのだ。

これを読むと、この世界が想像する以上にひろく、愉快なものに感じられる。人間のことばとは、いいものだ、面白いものだと感じさせてくれる。短いことばに世界があるのだ。

ゴーリキーの少女

『二十六人の男と一人の女――ゴーリキー傑作選』（中村唯史訳・光文社古典新訳文庫）は、戯曲「どん底」で知られるロシアの文豪マクシム・ゴーリキー（一八六八―一九三六）の初期・中期の代表的短編を収める新訳だ。人生の転変と、奥底に流れるものを照らす。

ゴーリキーは、ヴォルガ河中流の都市ニジニー・ノヴゴロドの生まれ。早くに両親を亡くし、貧困のため小学校を一年で退学。一一歳から二〇代初めまでロシア各地を放浪。皿洗い、パン焼き職人、汽船の見習いコック、絵師の弟子などをして帝政ロシア下層社会の生活を体験した。本書の四編は、その経験と見聞にもとづく。

一八九九年発表の「二十六人の男と一人の女」（副題「ポエム」）は、カザン市でパン職人をした体験による。半地下の部屋で一日一六時間も働く二六人の男たち。同じ建物にいる小間使いの一六歳の少女ターニャが「囚人さんたち、巻パンちゃんをちょうだい！」と声をかける。荒くれ男たちは、可憐な少女に親しみを感じ、慕うようになる。

ある日兵士あがりの男が来て、彼女は二週間で落とせるという。男たちは、彼女なら持ちこたえるだろうと思うが、期日が近づくと不安に。「俺たちとターニャの関係には、これまでとは違う、新しい何かが忍び込んでいた。それは好奇心だった。鋼《はがね》の刃《やいば》のように鋭く、冷たい好奇心だった」。わあ、どうなるのか。

その日も、ふだんどおり彼女は現れる。「皆、どんぐりまなこで彼女を見ていたが、何を話せば良いのか、わからなかったのだ。俺たちはターニャの前に、黙りこくった暗い群れとなって突っ立っていた」。どんぐりまなこは久しぶりに見たことばなので、ぼくは楽しい気持ちになった。

この部分、従来の訳はどうか。和久利誓一訳（一九六一）「じっと彼女をみつめるばかりで」、上田進・横田瑞穂訳（一九六六）「穴のあくほど見つめながら」、木村彰一訳（一九六六）「目を皿のようにして」、湯浅芳子訳（一九七三）「全身を眼にして」。いずれもこれまでの世界文学全集などに収録。こうして異なる訳で「見る」とさらに情景は近づく。人はどんなときも、誰かを愛することなく生きることはできない。でもその相手の心を、ためしたり傷つけてみたくなる。そうしたところもかかえて生きる人の世界をユーモラスに、真剣に書きつづった傑作だ。

「チェルカッシ」（一八九五）は、「ふしあわせで、あちこちうろついている」流浪の人たちの話。泥棒のチェルカッシは、港で、出稼ぎの青年ガヴリーラと出会う。青年は金にとことん執着するが、チェルカッシはそこまで欲にまみれない分、「自分が自由であるという意識に満たされていた」。一見区別のない二人をゴーリキーは少しずつ引き離す。絢爛ともいえるみごとな風景描写をおりまぜながら、二つとないそれぞれの人生を描き分ける。

「女」（一九一三）も、各地をさまよう若い女性の肖像。「別に何も探してはいない。人がどうやって生きているのか、ただ見ているだけさ」。深い空虚に包まれながら懸命に自分の人生をさがし求める多くの人影が、情熱的な文章で鮮やかに表示される。必要とされない人生の屈折をたどった「グービン」（一九一二）の姿も心に残る。人間はそのときどきに感情をもち、さまざまな心の動きを経験する。それを可能な限り立体的に描いていく。それがゴーリキーの世界なのだ。

社会主義リアリズムの始祖、プロレタリア文学の父といわれるマクシム・ゴーリキーの作品は、前記の翻訳年度でもわかるように、そのあとは新時代の陰に隠れたかにみえる。でも行き届いた人間観察、弾けるような美しい会話から生まれる、ゆたかな世界は格別なものだ。たとえ深刻な状況に直面しても、作品を書く楽しさを忘れてはいない。それがゴーリキーの文学のとてもすてきなところだ。

「幸福な王子」の幸福

子どものとき、童話はあまり読まなかった。おとな向けの日本文学全集で、国木田独歩、田宮虎彦、中山義秀、中野重治、高見順、井伏鱒二、三島由紀夫などの名作から読み始めたので、童話のことはよく知らないのだ。それでも教科書のなかに中西悟堂、椋鳩十などの作品があったので、興味をもったぼくは、この二人の動物ものを読んだりした。

新美南吉（一九一三―一九四三）の童話では、かなりおとなになってから、「ごん狐」を読み、とてもいい作品だと思った。でも新美南吉の作品では「手袋を買いに」のほうが好きだ。

子狐は、手袋を買いに行った。店に入ったら、光がまぶしくて、まちがえて、人間の手ではなく、自分の手を出してしまう。

〈「このお手々にちょうどいい手袋下さい」

すると帽子屋さんは、おやおやと思いました。狐の手です。狐の手が手袋をくれと言うのです。

これはきっと木の葉《こは》で買いに来たんだなと思いました。〉

狐だとわかっても、店の人は手袋を渡した。よかった。人間って怖くないと思ったという子狐に、お母さん狐は、いう。「ほんとうに人間はいいものかしら。ほんとうに人間はいいものかしら」と、つぶやくのだ。この結びのことばもいい。心にひびく。

現代の童話は、どうか。いくつか読んでみたが、あまりいいものがないようにぼくは思った。いかにも子どもがよろこびそうなことを書いたり、時流に合わせて趣向を凝らしたものなどもあってにぎやかだが、総じて、ことばが雑で、おのずと絵も雑。いいものは、なかなかないように思う。「ごん狐」や「手袋を買いに」などを読むと、いまの子どもは、「いいもの」を与えられているのかと感じる。「ほんとうに、いまの童話はいいものかしら」という気持ちになるのだ。

童話を書き写していて、気づくことがある。童話は子どものために書かれているので、わかりやすさが第一。漢字の比率、送り仮名、句読点の場所など、文章の景色がおとな向けの本とはちがうのである。「手袋を買いに」は、一九三三年（昭和八年）の作品。いまの子どもには読みとりにくいところもある。

たとえば、「町に始めて出て来た子狐にはそれらのものがいったい何であるか分らないのでした」は、現在なら、「町に初めて出てきた子ぎつねには、それらのものがいったい何であるか、わからないのでした」のほうがわかりやすいかもしれない。以前の童話は一つのセンテンスに切れ目があまりない。「手袋を買いに」を読むと当時の人たちが、どういう呼吸で文章を読んでいたかがわかる。童話を通して、日本語の歴史も見えてくるのだ。

アイルランド生まれの文豪オスカー・ワイルド（一八五四―一九〇〇）は「ドリアン・グレイの肖像」「サロメ」など多くの傑作の他に、子どものための作品も書いた。「幸福な王子」（一八八八）は世界中の人が知る童話だ。このほどオスカー・ワイルドの童話集『幸福な王子／柘榴《ざくろ》の家』（光文社古典新訳文庫）が出た。小尾芙佐訳。この新訳で「幸福な王子」を読んだ。

「街から仰ぎ見るほどに高い石柱の上に聳え立っているのは、幸福な王子の像である。」

王子は、まずしい人、不幸な人のために自分の身につけたものを与えていく。一羽の燕に運んでもらうのだ。あの人に渡してほしい、今度はあの人にと希望を述べるとき、王子は、「燕よ、燕、かわいい燕よ」とまず呼びかける。いつも同じ。ところが少しあとに「眼下の広場に」と、いきなり場所を告げるのだ。その呼吸が素晴らしいと思った。

王子は、語ることになれてきたので「燕よ」を省いたのではない。まだある、もうひとつあるという王子の切々たる気持ちが、ことばの呼吸から伝わる。そこにも童話「幸福な王子」の感動があるように思う。読むことの幸せもそこにある。

光のなかでリーナは思う

絶望。貧困。憎悪。差別。孤独。追放。殺傷。登場する人たちのできごとはとても暗い。でもそこには人の心から生まれる明るい光も見えてくるのだ。

二〇世紀アメリカの文豪、ウィリアム・フォークナー（一八九七―一九六二）の「八月の光」は一九三二年、三五歳のときの作品。新潮文庫（加島祥造訳・一九六七）、岩波文庫（諏訪部浩一訳・二〇一六）などにつづく黒原敏行訳『八月の光』（光文社古典新訳文庫・二〇一八）は、話しことばなどの細部でも工夫をこらす新訳だ。

田舎娘リーナ・グローヴの一人旅から、物語は始まる。

「道ばたに坐り込み、馬車が坂道を登って近づいてくるのを見ながら、リーナは思う。」ではリーナは、何を思ったのか。『あたしはアラバマからやってきた。遠くまで来たものね』（注・内的独白）と思ったらしいのだ。臨月の身で、おなかの子の父親を追って南部ミシシッピ州の小さな町にたどりつく。それから一〇日間ほどのできごとを、夏の光が照らしていく。

ブラウンと名を変えてリーナから逃げる男バーチ。自分が白人なのか黒人なのか不明のまま苦悶し、人を殺し、殺される青年クリスマス。リーナにひとめぼれし、彼女に寄りそう中年の男バイロン。南北戦争で活躍した祖父の姿に魅せられ、いまは教会からも世間からも追放された元牧師ハイタワー。多様な闇を抱える人たちの、過去と現在を行き来して物語は進む。各自の内部を交互に徹底的に書く。終始、緊迫感が漂う。

この作品から見えるのは人間をどのように見つめるかということだ。社会的関心ではない。どこまでも人間的視点で見つづけていくことなのだと思う。そこにこの作品の「夢」がある。努力がある。一つは「見る」ことへの見方だ。馬車の御者アームスティッドとリーナ。「どうやらアームスティッドはまだ一度もまともに女を見ていないようだ」。見なくても相手を知り、話すことはできるが、フォークナーは「見る」ことに目を合わせる。同様の場面は、要所で出てくる。リーナとバイロンのところ。「リーナは、将来を心配するというより現在に対して疑念を抱くような例の表情でバイロンを見る。それから息を吐く」。自然な所作とはいえ、こうした面をとらえるのは特別な視点だ。ここでしか見られないものが、いくつも置かれているのだ。

さて、「卵を入れた籠を持ち歩くみたいにして生きていく」、もっとも暗い登場人物クリスマスと、「遠くまで来たものね」の、もっとも健康的で明るい登場人物リーナは結局、この作品のなかで「会う」ことはない。別個に生き、同じ時間のなかを通っていくだけだが、それが現実の人のかかわりである。さらにこんなところもある。

元牧師ハイタワーと会っているとき、他の人のことといっしょにされてしまうという話になる。そのときリーナは、いう。「あたし、ごっちゃになりたくないんです」。これもいい。たしかに人は他の人には見えない道、ただ一つのところを歩いていくだけなのだ。「八月の光」はすべての人が結びつかないこともある世界の深さを見通す。奥底まで澄み切った小説なのだ。その点でもみごとな、比べるもののない作品である。

「八月の光」、最後の場面。生まれた子を連れて旅をつづけるリーナは、いう。「まあまあ、人間ってほんとにあちこち行けるものなのね。アラバマを出てまだふた月なのに、もうテネシーだなんて」と。自分の人生の内容にはふれない、心の声も光を放つ。「八月の光」はいくつもの闇と、光にみちた名作だ。

集落の相貌

田山花袋（一八七一―一九三〇）の「田舎教師」は、一九〇九年に書かれた近代文学の代表作の一つ。既刊の岩波文庫、新潮文庫に続く今回の岩波文庫『田舎教師』（二〇一八）は、新たな解説（尾形明子）を付す改版である。

利根川流域の埼玉・羽生《はにゅう》が舞台。田山花袋は、ほとんど未知の実在の青年小林秀三（二一歳で死去・作中では林清三）の死を知り、残された日記と伝聞、実地調査をもとに、その人生を照らした。それが「田舎教師」である。その書き出し。

「四里の道は長かった。その間に青縞《あおじま》の市の立つ羽生の町があった。田圃にはげんげが咲き、豪家の垣《かきね》からは八重桜が散りこぼれた。赤い蹴出《けだし》を出した田舎の姐《ねえ》さんがおりおり通った」。青縞は、埼玉北部地域特産の藍染織物。

中学を出た春、羽生在の弥勒《みろく》小学校の代用教員になった林清三が、隣町・行田の自宅から小学校への長い「四里の道」を歩く場面だ。「人の好《い》い父親と弱々しい情愛の深い母親とを持った」清三は、「明星」を読み、「行田文学」で活動し、文学を志すが、家は貧しい。あてのない希望にとらわれ、恋愛でも学問でも「消極的に傾いて来て、例えば柱と柱との間に小さく押附けられてしまったような気がした」。

清三は特別な才能も魅力もない、いわば凡常の人。それに合わせるかのように、田山花袋は、清三の内面も、同僚、友人、児童、家族の姿も、ただ淡々と描く。静かで平板な文章は、かえってこの小説のものさびしさを引き立てることになり、多くの人の心をとらえた。

利根川南岸地域、羽生、行田、熊谷は「平坦な街道」で結ばれ、一帯は高低差のない平地だが、一つ一つの集落には地域の人にしか見えないものがある。「田舎教師」はそうした地域の相貌を、可能なかぎり描き出そうとする。そこにも、この小説のよさがあるように思う。以下、一部の字《あざ》に郵便番号を付す。

羽生と大越（347─0001）の間には乗合馬車がある。全編を通して基本となる街道の一つ。ちょっとしたものを買う店がある新郷（現在の上新郷、下新郷）。田圃のなかにも、こうした集落がいまも日本各地にあることだろう。機屋《はたや》が多く、当時は「風儀の悪い」発戸《ほっと》、同じ空気の群馬・赤岩。茨城の遊里・中田の客の在所の一つ、茨城・塚崎（306─0405）は、離れてはいるが利根川沿いだ。こんなところからも男が来る、とわかる。

贋物の書画を扱う父親。最初は行田・下忍に行っていたが、近くでは商売がしづらくなり、「この頃では熊谷妻沼方面よりむしろ加須、大越、古河に多くなった」。この「熊谷妻沼」（大小の町の合成）という表現には、土地の人の方向感覚がにじむ。「下村君、堤、名村などという小字があった。藁葺屋根が晨《あした》の星のように散《ちら》ばっている」。名村は、現在の名《みょう》。ぼくは先日、ここを歩いた。利根川の堤との間の各集落の並びがきれいだ。川端康成、横光利一、片岡鉄兵が一九三八年四月、「田舎教師」の舞台を訪ねたときの写真（弥勒・円照寺の資料館に展示）があるが、この界隈かと思われる。

清三はある夜、弥勒から火事を見る。「やがてその火事は手古林であったことが解った」。弥勒から手古林（現在の手子林）の方角に実際に立ってみると、たしかに見晴しがよい。清三は、中田の遊郭にのぼった帰り、人に見られないように、こっそり迂回。北岸の麦倉（349―1212）の茶店で、ラムネと梨を買って疲れをいやし（本書カバー・岡田三郎助の絵はその風景）、渡し舟にのる。麦倉では、利根川の眺望がひらける。川に沿う高い電柱の列が遠くまでつづき、いまも美しい。

この「田舎教師」には、清三がかかわる字だけでも三〇ほど登場。一二五ページの森、高木以外のほとんどの地名は、作品発表から一〇九年たった現在もそのまま残り、郵便番号簿、市街図で確認できる。

後年、一家は行田から羽生へ移転。引越車に荷をのせて、長い道を歩く。「長野の手前で、額《がく》が落ち懸りそうになったのを清三は直した。母親はにこにこと嬉しそうな顔色《かおつき》で、いろいろな話をしながら歩いて行く」。新生活に向かう場面だ。長野（361―0023）へは約一キロ。家を出てまもなく額が落ちかけたことになる。地名があると、作品の空気をよりこまやかに感じとれる。

林清三は、日露戦争「遼陽占領の祭」で町じゅうが歓喜にわきかえるなか、ひとりさみしく死んでいく。秋の末。墓のある寺の裏の森。「その森の傍《かたわら》を足利まで連絡した東武鉄道の汽車が朝に夕に凄じい響を立てて通った」。これが「田舎教師」の最後に現れる文章である。足利は、清三が八歳までを過ごした懐かしい町だ。もうそこには行けない町だ。

人は、地理とのかかわりのなかにいる。集落の位置。他との間隔。広さと戸数。地勢と方角。沿革。個性と役割。表情。それらがその形をして、いまあることの意味。それは人間のありかたそのものであり、誰もがこれからも大切に見ておきたいことである。田山花袋は地域を見つめた。人間の基本となる世界を、ていねいに描いた。

美しい人たちの町

ウィリアム・サローヤン（一九〇八—一九八一）の『ヒューマン・コメディ』（小川敏子訳・光文社古典新訳文庫）は、おとなも子どもも楽しむことができる。なに一つむずかしいところはないのに強い輝きを放つ。世界文学屈指の名編だ。

サローヤンは、アメリカ・カリフォルニア州フレズノに生まれた。アルメニア系移民二世。三歳のとき父を亡くし、数年間は、兄姉とともにオークランドの児童養護施設に。新聞の売り子や電報配達人を経て、創作の道へ。ユーモラスで独特の魅力をもつ作品は、世界の注目を浴びる。代表作「ヒューマン・コメディ」（一九四三）は、作家・小島信夫訳『人間喜劇』（研究社・一九五七、現在は晶文社）、関汀子訳『ヒューマン・コメディ』（ちくま文庫・一九九三）などで広く読まれた。今回は一層やわらかみのある新訳だ。

カリフォルニアのイサカ（架空の地名）の、マコーリー家の人たちが、互いに支えあいながら、第二次大戦下の日々を過ごす。主人公ホーマーは、一四歳。父は、二年前に死亡。兄マーカスは、戦地に。母親と、子どもたちで家を守る。姉のベスはピアノを奏でる。みんな歌が好きだ。

まず登場するのが、弟のユリシーズ、四歳。汽車に乗っている人たちに手を振るが、一人の黒人だけが手を振って応えてくれた。「故郷に帰るんだよ。自分の場所に！」といいながら。それが幼い心にこだまする。

〈ふと、笑顔が浮かぶ。マコーリー家の笑顔だ。やさしく、賢く、つつましく、あらゆるものに「こんにちは」と呼びかける微笑《ほほえ》みだ。〉

ユリシーズは、見るのが好き。いつも見るのにちょうどいいところにいる。ある日、新式の罠を説明中のおとなの輪のなかのちょうどいいところにいたら、あやまって罠にかかり、おとなたちに救い出される。

ホーマーは学校に行きながら、家計の助けに、自転車で電報配達。局長スパングラー、電信士グローガンも少年を励ます。みな心の優しい人たちだ。つらいのは、戦死を知らせる電報を、その家族に届けるとき。受け取る人たちの気持ちを思い、人間とは何だろうと、悩み、苦しむ。そんなホーマーの姿をおとなたちはきちんと見つめる。

家族のようす、町の人との交流が、断章風に描かれる。誰もがどこかでかかわる。いくつもの物語が生まれる。

店にはない、レーズン入りクッキーを買いに来た客。そのときの食料品店主アラのことばも心に残る。この作品の人たちは、すべていい人だ。研究社版（前記）の栞には、「心美しい登場人物」と題し、二一人の一覧表。みんな「心美しい」。その通りかもしれない。兄マーカスの戦友トビーは、戦地でマーカスの話を聞くうちに、見たこともないイサカの町と、一家のことを好きになる。「イサカはぼくの故郷だ。そこでぼくは暮らす。死ぬときにはイサカで死にたい」。彼はその町へ、ひとり向かうのだ。そこまで人を好きになるとはあまりに美しい話。だが人間は、よい心で生きていく。生き通していいのだと思えてくる。その感動は、兄の戦死の電報を、ホーマーがわが家に届けるところまでつづく。

人びとのことばは、ありふれたものなのに、この世のものとは思えないほど美しく気高いひびきをもつ。よい人だけで小説がつくられる例はなかった。多くの小説は、わるい心や影のあることがらを媒介にしてきた。そのために、大切なものを失うこともあったかもしれない。ここには文学的な表現はほとんどないのに、深いものが静かに、てあつく示されている。この小説のなかにあるものは他では見られないものだ。特別な名作である。

アーサー・ミラーの小説

平淡な語りで、濃厚な世界を表す。個人と社会のつなぎ目を鮮やかにとらえる。よいところがすべてそろった小説の「存在」を知ることになった。

アーサー・ミラー（一九一五―二〇〇五）は、「セールスマンの死」「るつぼ」などで知られるアメリカの劇作家。社会批判をひめた密度の高い戯曲はいまも世界各地で上演されるが、彼が小説家でもあることを知る人は少ない。

本書『存在感のある人』（上岡伸雄訳・早川書房）の六編は二〇〇一年から二〇〇五年、八五歳を過ぎて書いたものだが、印象はとてもみずみずしい。その作品には、小さなパートにもこれまで見たことのない情景があり、それが次第に大きくなって、こちらの目に迫るという性格がある。

子ども時代の回想と思われる「ブルドッグ」（冒頭の作品）。子犬一匹三ドルの広告を見て、買いにいく一三歳の少年。彼は実は、この日まで、犬を抱いたことがない。母親も「犬の飼い方を知らない」ので、ケーキを奪った子犬が倒れただけで警察を呼ぼうとする始末。変だが、こうした小さな点のようなものが作品をつくっていく。次は「パフォーマンス」。ユダヤ人のタップダンサーのもとに、ナチスの高官が来て、ベルリンで一日だけ公演をしてほしいと。気がつくと、ヒトラーの前でタップダンスを見せていた。総統が気に入ったので、ここにとどまってほしいと言われたときには、さすがに危険だと思い、断ることに。「僕はユダヤ人なんです」と打ち明ける。するとナチスの高官は、あおざめた表情で、「初めまして」と言った。なんと不思議な、ことばだろう。ダンサーは言う。「僕はこう思った。この人たちはまさに夢を見ていたんだって」。

ここからさらにミラーは世界を押し開いていく。

「裸の原稿」は、書くことに倦む小説家が、特別に大柄の若い女性を募集。裸の彼女の皮膚のすみずみにフェルトペンで文字を書いて作品を仕上げ、生気をとりもどす。表題作「存在感のある人」は海辺で性愛にふけるカップルと、それを見た男の急激な変化。

どの作品にも、見たものを即座に心のなかへ移し変える場面がある。戯曲はひとりが話すと、もうひとりが答えるのが原則。切れ目なく反応する。こうした戯曲の手法が、アーサー・ミラーの小説でとてもいい形で生かされているようだ。

最高傑作は「テレビン油蒸留所」だろう。中南米の、ハイチの原野が舞台。自力でテレビン油の蒸留所をつくろうとするアメリカ人。だが装置は、にわかづくり、部品も古い。無事に稼働したのかどうか。彼と、ほんのひととき会っただけの主人公は、三三年ぶりにハイチへ行き、男の消息を知るため山に入る。ハイチ人との淡いやりとりから見えてくるもの、異国への愛、社会の姿を見事に映し出す。

亡くなる年の最後の作品「ビーバー」は、ダムをつくる動物の話。すでに十分に池ができているのに、排水を懸命に止めようとするビーバーの奇妙な「作業」を通して、人に見えないものに向き合う。「一つのことをして」「それが次にすることにつながる」。彼らの営みはそうとしか思えないときもあるのだ、と。深いことばも軽やかだ。アーサー・ミラーは小説でも後世にひびくものを残した。

小説らしい仕掛けがあるように思うが、それが少しも作品を乱さない。できごとやイメージが静かな波のように現れる。そのなかに大切なものがあるのだ。どのような場所にあっても人には見えるもの、見るべきものがあるのだろう。

名作の表情

池澤夏樹＝個人編集《日本文学全集》の『近現代作家集』Ⅰ・Ⅱ（河出書房新社・二〇一七）は、作品のなかに描かれた時代順で構成。名作のアンソロジーとしては、これまでにない新しい趣向だと思う。この第Ⅰ巻は、平安期が舞台の久生十蘭「無月物語」から、太平洋戦争前夜を描く作品まで。いずれも興味をかきたてる。

文学全集の一冊で、芥川龍之介の「羅生門」や「鼻」を読んだのは、中学のとき。古代・中世の説話をもとにした一連の歴史小説に魅せられたぼくは、受験参考書の文庫で今昔物語集、宇治拾遺物語などを買い求めて、これはこれ、あれはこれかなと、照合を楽しんだりした。

芥川龍之介「お富の貞操」は、明治元年から明治二三年までの話。お富と新公のやりとりも見どころだが、「何か心の伸びるような気がした」という、お富の最後のことばがいい。しっかり意味をつかめていないかもしれないのに、ぼくもまた「心の伸びる」思いがする。十分に理解できないとしても、ここがたいせつだと思われて、胸にとどまることがあるものだ。

多くの年少の読者は、芥川龍之介の作品から、文学と出会う。文学特有の文章がいきいきと活動し、目のさめるような初々しいことがらも登場する。舞台となるのは、古代から現代。それぞれの時世の面白味を引き立てるので、無縁と感じていた時代への興味も色づく。文学そのものも好きになる。

そのあとに、新たな出会いを体験させてくれるのは「文学の神様」横光利一だ。少なくとも、ある世代まではそうであると思う。芥川龍之介が近代なら、横光利一の小説には現代文学の謎めいた楽しさがある。

これも中学のときだと思う。NHKのテレビドラマで「紋章」(雁金《かりがね》という男が出たから、多分)をみた。図形のような部屋に光がさし、人が現れて暗くなり、また光がさす。白黒の画面だ。そのあと読んだ作品も、斬新だ。「南北」は農村の兄弟の相剋。その参考資料みたいにして死ぬ男。遺体の描写に迫力がある。「日輪」は卑弥呼の時代を、神気漂う文体でつづる。「蠅」は、人と馬と昆虫の、絶妙な関係。「春は馬車に乗って」は柔らかな詩情にみたされ、「夜の靴」は他の作品と異なる魅力をもつ。一作ごとに、新たな作者が生まれる空気がある。それは読む人のなかで新しい読者が生まれることだ。そんな多彩な作品を横光利一は書いた。なんにも興味のない人でも、作品のどれかにすいよせられるという仕組みである。

横光利一の代表作「機械」は、ネームプレート製造所の職人の話。塩化鉄、ビスムチル、クロム酸加里、アモアピカル、珪酸ジルコニウム……。金属と薬品と機械で、ものをつくる。人間関係も、機械以上に精密で、その精密さがひとりひとりに圧を加える。誰もがかかわる職場という現場。さまざまなおとなたちの、仕事上の工夫や内部の苦しみ。労働についての要点が先見的に描き出されているという点でも重要な作品だ。

「機械」は、都会の書斎で書かれたものではない。昭和五年の夏、横光利一は山形・由良海岸の民宿に一か月滞在し「機械」を書いた。それから六五年後の平成七年に、ぼくはその民宿の建物を見にいった。当時の民宿の主、和田牛之助の子息・伊三郎さん（九〇歳）がたまたまいて話をしてくれた。横光利一がいた二階の部屋からは、白山島という、海岸と朱塗りの橋でつながる小さな島が見える。この少し奇怪な形の島を間近に見ながら、横光利一は「機械」を書いたことになる。その奇妙な形が、目のなかで払い落とされるころに「機械」を書き終えたのだろうか。自然の景色を通して、人間への視線が定まる。そんなこともあったかもしれないと想像する。

芥川龍之介や横光利一の作品は多様なので、不安になることがある。もとより読書というのは心もとないもので、いい作品に出会うたび、その作品がどういうものか、この世界のどういう位置にあるのかと思う。一瞬見えにくいものに変わるのだ。読むことはその不安な気持ちを高めていくことであり、不安な思いとたたかっていくことなのだ。でもそれが楽しい、という気持ちに変わるときが訪れる。そこからはいっそう楽しい。

岡本かの子「鮨」。母親手製の鮨を、「いちいち大きさが」ちがう鮨を、少年が口に入れていく場面は、日本文学のもっとも印象的な場面のひとつだろう。実の母を前にしながら、まぼろしの母がちらりと出る。二人の母親は「一致して欲しいが、あまり一致したら恐ろしい気もする」。その子どもだけの夢。きれいだ。それだけで息をのむ。みんなでいる。そのなかのひとりが気にかかる、その人がいつのまにかいなくなる、また思ってみる。このようなことは、いまはないとはいわないけれど、人間らしいひとときふれあいのようすがとてもいい。私小説と思われるものも、一時期の人間の表情をしっかりとどめることで、すぐれた社会小説になっているのだ。

時代が遠ざかると、小説の表情も、あらたまる。その変化を知る。味わう。それも読むことから生まれる、よろこびのひとつなのだと思う。

情景の日々

ひとりの人間が、ふだん通りの日を過ごす。素材もつくりも単純なのに、特別な光を放つ小説がある。

阿部昭（一九三四―一九八九）は、広島生まれ。一歳のとき湘南・藤沢へ移り、終生同地で暮らす。元海軍大佐の父とその家族を描く『司令の休暇』（一九七一）、短編集『千年』（一九七三・毎日出版文化賞）、『人生の一日』（一九七六）など幾多の傑作を残し、平成元年、五四歳で亡くなった。全集に『阿部昭集』全一四巻（岩波書店）。

本書『単純な生活』（小学館・二〇一八）は、一九八〇年から二年半、「婦人之友」に連載、一九八二年、四七歳のとき刊行された長編の新版。なかみは、全一〇三章の身辺記録だ。自由な書きぶりが楽しい。以下、登場順に少しずつふれてみる。

毎朝、子どもたちが出払ったあとの部屋は、パンくずが散らばるだけではない。「いやに子供の匂いがなまなましい」。近所のかかりつけの医者。心臓がばたばたするというと、「たまには海でも眺めて、ぼんやりしたら」。書棚に気象学の本。船医でもあるらしい。自転車で川へ。そこに家鴨《あひる》。「くちばしで羽根をつついては身づくろいしたり、流れの中央に進み出て水ぐるまみたいに派手に水浴びをしたりする」。特別なことでないのに、ここもいいなとぼくは思う。バスで鎌倉へ。黒田三郎の詩集を買って「紙風船」を読む。八幡宮のベンチで別の詩の一節を目にし、うろたえる。「とおいむかし／白々しいウソをついたことがある／愛するひとに／とおいむかし」。二〇年も前の自分を思い出し、くるしむ。「夕方、またバスに揺られて、薔薇色に染まった海辺を帰ってきたが、家に着くまでずっとそんなふうだった」。平明で、力みのない美しい文章がつづく。

子どもが、高校受験に失敗。

「家内のほうは、息子が受かったら型通り赤飯を炊くつもりで、ちゃんと用意をしていたらしい。それで、「せっかくだから、やっぱり炊いちゃおう」と言って炊いてしまった。どういう意味か、よくわからない。」

元同僚と再会。世界を駆けめぐる彼は、実は退屈し切っているのではないか。「見聞が広まり知識が深まるにつれて」「かんじんの心は干からびてしまうというようなことがあるのではないか」。亡父が遺した帳面に「私」が生まれたときのことが記されていた。「未曾有の颱風一過、天地は静寂に帰し」「あらしのあとに男の子生れぬ」。気象史に残る室戸台風だ。「どちらかと言えば父は台風のほうに興奮していたのではないかと思われるふしがある」。

切手を買いに行く雑貨屋のおばさんに、三〇年も昔だけど、いつもこの前を通って野球をしに行ってたんですというと、「あら、そうお」。ルナール『博物誌』の「木の一族」を読み返し、樹木の「暮らし」について思う。連載中、母を亡くす。母の海水着姿を見たことがない。「私の幼時のアルバムを見ても母はいつもパラソルの下にいる。母が水着を着て写っているのは、私が生れる以前の、私の知らないどこかよその海岸の写真である」。

高校時代の国語の教師のことば、「勉強こそ青春です」。どれもその日見たもの、心に浮かぶことである。

終わり近くで、「私」はいう。この二年半、「私」は、何によって生きたか。「おそらく当人以外には取るにも足りない些細な事柄、笑止なくらいこまごましい、もろもろの事物の力によって生きたのである」。その事柄や事物のひとつひとつは、その人にとってこれからも大切なものになっていくのだ。ふだん目にする情景は、とてもゆたかなものなのである。他にもまして注目すべきものなのだ。いつもの世界に新しい世界を見ていた、阿部昭の代表作。

外側の世界とともに

『後藤明生コレクション2 前期Ⅱ』(国書刊行会)は、後藤明生(一九三二—一九九九)の全五巻の選集の最新刊。一九七〇年から一九七三年の期間に発表の主要作七編を収録する。後藤明生の選集刊行は、初めて。

後藤明生は、小説とは何か、文学とは何かを考える上で、とても重要な小説を書きあげた人である。いちど作品にふれると、いつのまにかその世界に引きこまれる。

まずは、冒頭の短編「誰?」(一九七〇)。

コンクリート五階建ての団地。妻と、二人の子どもと暮らす三七歳の男は、週刊誌の記事を書くライター。ある日、「富士山がとってもきれいだわよ」と妻がいうので、ベランダに出てみると、富士山が見える。

「F58号棟と59号棟との間に、そのいずれの棟よりも遥かに低く、ほとんど半分ほどの高さに挟まって見えた」。富士山の低さに、男は「名づけ難い衝撃」をおぼえ、「突然うち砕かれた」。男は、ともかく団地の外へ出たくなり、歩き出す。バスのなかで、一階上の四階に住む主婦と話をしたり、引き揚げるまでの朝鮮の風景なども思い出し、「バラと園芸実習用地」の近くに行ったり、喫茶店で女性の話し声をきいたりして、団地の外側の世界にふれていく。ふと気づくと三階のベランダに、長男のかいたヒマワリの絵らしきものが見え、「あのヒマワリはこんなところにあるべきではない」、これでは「コンクリートから脱出したことにはならない」とつぶやく。「その通り！」という声がして振り向くと、足元の肥料溜に転落。すると。

〈「誰?」とベランダの若い主婦が顔をあげた。彼女の目には何も見えなかった。しかし誰かに名前を呼ばれたような気がしたからだ。〉

これで終わり。「誰?」という声がいい。文学的な文章はいっさいないのに、終始、目が離せない。面白い。いま読みおえたばかりなのに、また読みたくなる。なぜ富士山の低さが衝撃か、なぜ外出したか。作者にもわからない。でも流れるような文章を通して人間の輪郭がこれまでにない新しい角度から見えてくる。「人間は、いつでもどこかにいなければならない」。そう、人はいつもどこかにいる、というだけのこと。それだけを伝えるにはこの形しかない、この流れしかないのだと思う。

長編「挟み撃ち」（一九七三）は「誰?」「何?」など初期短編の総集編というべきものである。

ある日の夕方、「わたし」は東京・御茶の水の橋の上で、その日一日のことを振り返る。かつて自分が着た外套はどこに行ったのだろう。九州の田舎町から東京に来て二〇年。たとえ真似でもいい、ゴーゴリの「外套」のようなものを書きたい。それが願い。そこから外套の行方を追い求めて、上京直後に過ごした町を訪ねる。道草の多い散策と回想がつづいたあと、同じ橋の場面に戻るという内容だ。橋と橋の間に、人生が「挟まれる」のである。

懐かしの埼玉・蕨《わらび》で。インターホンでは出てこないのに、「孝子さん」というとドアが開いた。こちらは孝子さんのつもりだったが、偶然その人も別人ながら同音の「タカ子」さん。それで話をすることができた。次は別のお宅の再訪。手土産「あられの詰め合せ」の効果で態度が急変したのかと思ったが、実は「銀行」ということばに相手の女性が反応したとわかる。「これは、どうも失礼しました」「いえ、とんでもございません。こちらこそいろいろおききしちゃって」。彼女の夫は銀行につとめているのだ。

くいちがい。かんちがい。でもこうした偶然の重なりや「とつぜん」で支配される。人生が進むし、止まる。戦争が終わり、別の時代に投げ出されたのも「とつぜん」だ。こうしたことが、ゆるやかにつながるうちに外側の世界、世相の変化も映し出される。軽やかなのに、ゆるみはない。いまここにいることが大切。必要なことは見渡すこと。ことさらなものはいらないのだ。人間の見方と感じ方の世界を書き変える。それが後藤明生の新しさである。

リアリティを支えるものの一つは概念だとぼくは思う。「とつぜん」でもいいけれど、ここは別のことばにしたほうが文学的には、あらたかなものになるのではというところも「とつぜん」。「誰?」で打ち砕かれたものは「自信でなかったことは確かだ」とあるが、この「自信」はミスではないものの、もしかしたら代わることばがあるはず。「挟み撃ち」の表題にもつながる曾祖父との「挟み将棋」の、「それ、挟んで、ちょい!」の場面は愉快だが、「挟む」という一語はさらっとして意味がこもらない。ときおり概念に少し幅があるのだ。作者が中学一年までの少年期を外地で過ごしたときに感じとった、ことばのイメージが暗に作用し、語法の端に現れているのかもしれない。こうした点も含めて、すみずみまで楽しみ、味わうことができる。昭和後期を代表する名編である。

始まりも途中も終わりも、はっきり見えない。小説は物語だと思いこむ人に、後藤明生の文学は生涯、無縁だろう。でもいつもどこかに人がいるように、多くの人の思う小説を超えていく作品もあるのだ。

II

生原稿

『広辞苑』第七版（岩波書店・二〇一八）に、「生原稿《なま》」が登場した。活字ではない、手書きの原稿を指す。文章を書く人は、いまはもっぱら画面に書いてメールで送る。原稿用紙を使うことはめずらしくなったので、生原稿ということばも区別として必要になったのだろう。

第七版の用例は、坂口安吾「我が人生観」の一節、「もらった雑誌はガリ版ずりでも生原稿でも」。文学賞の選考についてのくだりだ。参考のためにセンテンス全体を引くと、「引きうけたからには、良いものを見のがすことがないように、もらった雑誌はガリ版ずりでも生原稿でも、事情の許すかぎり読むように努力しているのである」。執筆は一九五〇年。他の辞典の用例では、木村荘八『現代風俗帖』（一九五二）のあとがきの一節、「僕の生原稿は旧仮名風で」。いずれも戦後だから、生原稿は比較的新しいことばかもしれない。

文学展の会場には、作家たちの、いまでは貴重な生原稿が展示される。自筆原稿を集めた本もある。それらを見ると作者の肉声が伝わるし、書き直しのあとも見ることができて面白い。作品の冒頭部分には、編集者の指定の文字が入る。芥川龍之介「年末の一日」だと、題名に「2」、作者名に「4」。二号活字、四号活字の意味だが、容赦なく、乱雑に、大胆に入る。これが生原稿の、なまの魅力である。昔は複写などできないので原稿をそのまま印刷所に放り込んだから、こういう荒々しい世界が出現した。梶井基次郎「闇の絵巻」は、題名にも作者名にも斜めに朱い線が走る。消すという印である。この部分は別の版下をつくったのだろう。詩の場合は、本文の行を一字下げにする人、二字下げの人、まったく下げない人などもいて、作風との関連から興味深い。

島崎藤村の生原稿では、「藤」の字が、正調のくずし字になっていて、ぼくにはいつも違和感がある。「学」の字みたいに見えるのだ。島崎藤村とは別の人なのではと見るたびに思う。混乱するので、意識を失いかねないので、その字のところはあまり見ないようにしている。

文学賞を受賞すると、記念に受賞作の冒頭部分だけ（四〇〇字詰原稿用紙一枚）を書いたものを寄贈するよう求められることがある。若い作家たちはこのときばかりは原稿用紙に書く。訂正のあとのない、きれいな生原稿になる。指定の文字など人の手が入らないので、いわゆる生原稿の趣旨とは離れたものになるのだ。ぼくもある展示に必要だといわれて、詩の最初の一枚分を書き写した。四〇年ほど原稿用紙を使わないので、一行書くだけで、まどろっこしくなり、自分とはちがうことをしている気分になった。

生原稿が、表と裏、二つの面で活躍した例がある。耕治人「この世に招かれてきた客」（一九七二）は、詩人千家元麿が登場する私小説。

「私」は千家元麿に、原稿を見てもらったので、その結果を聞きに行く。「彼」（千家元麿）はいま詩ができたところだといって、自分の詩をよみあげる。その原稿用紙、どこかで見たなと思っていたら「私」の預けた原稿だった。その裏に、「彼」は何枚にもわたる詩を書いていたのである。気づいた「彼」は、「しまった！ 人の原稿に書いてしまった」。表に書いた「私」の小説の原稿より、裏の詩のほうが貴いのだから、頂戴しますといおうとすると、「千家は、スズリの墨で、消し出した。筆も弱っているから、ナメラかに動かないが、一気に棒を引き、消していった」。表も裏もある生原稿が、この世から消えた話である。惜しいというしかないが、「この世に招かれてきた客」の生原稿はどこかに残され、「この世」の空気を吸っていることだろう。

生原稿がどうしても必要になることがある。文字や読み方が、テキストによってちがったりすると、最初はどうなのかを確認したくなる。吉行淳之介『やややのはなし』収録のエッセイ「「岡山地方方言集稿本」」（一九九〇）は、そこにかかわる探索の物語。短編アンソロジーの編集に参加したときのこと。著者と同郷・岡山生まれの正宗白鳥の短編「リー兄さん」の書き出しは「リー兄さん死す」。

この「兄」のルビが「あこ」となっているのが、「いかにも奇異に思えたので、疑問を出した」。編集部は「生原稿を探し出した」。すると生原稿では「あこ」とも「あー」とも「あ、」とも読める。そのうち吉行淳之介は、母あぐりさんから、またまた同郷の内田百閒の岡山方言についての文章のなかに「ああさん、ああやん」があることをおそわる。「大きいああさんは長兄の意味なれど又間抜け、馬鹿の罵稱ともなる」とあるそうだ。でも真相は不明。生原稿には、もう一つ奥に世界があるようだ。

制作のことば

島崎藤村は日本の近代詩を創始し、「破戒」「夜明け前」を書いた。詩と小説の両方でこれほど大きな歴史的成果をあげた人はいない。この数か月、藤村の主要な作品を読み、あらためて圧倒されたが、読むほどに姿が遠ざかる。そんな印象ももった。

まずは『日本の詩歌1島崎藤村』（中央公論社・一九六七）。境遇の異なる六人の乙女の心をうう『若菜集』初版冒頭の六編のすべての行は、七音五音の構成。「おさよ」は「潮《うしほ》さみしき荒磯《あらいそ》の／巌陰《いはかげ》われは生れけり」で始まる。「潮」を「しほ」でなく「うしほ」とよむのは、ここが七音だからだ。『夏草』の「かりがね」の「汝」は「な」あるいは「なれ」とよませる。『落梅集』の「常磐樹」の「汝」はすべて「いまし」。藤村の「汝」は音数によって「な」「なれ」「いまし」となる。藤村のような詩を書くためには、よみかたに幅のある語を常時用意することになる。短歌、俳句でも同じだろうが、詩は長丁場なので、ゆるみの出ないように連続的にことばを選びつづける。その点で藤村は完璧だった。

前記「巌陰われは生れけり」は「巌陰に私は生まれた」の意味。「「巌陰」という名詞を副詞句のように使用するのは文法的に無理があるとも見られる」（高見順「三人の詩について」一九五四）という見方もある。『高見順全集16』より新字新仮名で引用した。この用法については発表当時も問題になったが、額田王の雑歌に前例（「秋山われは」）があると藤村自身が答えたことでそれ以上の議論にはならなかった。「巌陰にわれ生れけり」なら音数は合うが、その表現を藤村はきらい、「巌陰」の語を、助詞を付けず、どうとでもなれというように置いた。これによってこの詩の強さが生まれた。

『夏草』の「農夫」の一節「あゝ汝は吾生命《わがいのち》なり／われは生命に離れたり」。出征する青年との別れをかなしむ娘。あなたがいないなら私は死んだも同然、の意味だろうから、「われ生命より離れたり」「われは生命を離れたり」などとすべきだが、「われは生命に離れたり」としたことで語法的に異常をきたした。「その語法は当時としては新しいものであったろう」（伊藤信吉「鑑賞」・前記『日本の詩歌1』）。「われは」の「は」と「生命に」の「に」がひびきあい、はりつめて、みごとな効果をあげた。文語定型詩の制作は、ことばのたたかいの場。自由詩の時代となってからは、こうした制作過程はかえりみられることはない。「実をとりて胸にあつれば／新《あらた》なり流離の憂」（「椰子の実」）。五音七音の構成でも、ここにはこれしかないと思わせることばが厳しい角度から次々に飛び出す。現代詩に至るその後の自由詩の領域で、このような厳密なことばの世界に耐えつづけた人はいないように思う。

藤村は、五年ほどの詩作のあと「破戒」に向かう。「破戒」の書き出しは、「蓮華寺では下宿を兼ねた」である。「兼ねた」ということばは「・・である」ではなく「・・でもある」という、いうならば従属的で自立性を欠く表現だが、そのためにスピードが出る。先へ先へと急ぐ物語の書き出しとしてはふさわしい。散文の強さ、美しさである。「生れけり」「新なり」がそうであるように詩は言い切りが基調。そこから「・・でもある」という冷厳な散文へ身をひるがえす。詩も散文も、そして詩から散文への切替えも鮮やかだが、藤村の文学とはどのようなものかとなると、はっきりしない思いが残る。

「夜明け前」を久しぶりに新潮文庫で読みなおし、以前にまして深い感銘をうけた。青山半蔵や他の人たちの会話を見ても、ゆるやかで平淡。人物造型もそれほど明確であるとはいいがたい。でも人が人を書くとき、これが自然だろう。青山半蔵の国学への期待と、そのあとの幻滅も、実情に即したものだろう。個人の現実的な姿が示されるという点でも歴史小説としてこれ以上のものはないと感じた。その「夜明け前」の第二部に、土屋総蔵という人物が出てくる。維新後、木曾谷の民政権判事《ごんはんじ》に転任してきた人で、たった二年の間に、民衆のために次々に善政をおこない、任期を終えると「木曾の人民に別れを告げて行った」。同・文庫の注（滝藤満義）によると、生没年は未詳。こんなすてきな人が明治の初めにいたことを知る。藤村の作品には、詩にしても小説にしても、何かを書き切り、ある時期が来ると、読者に「別れを告げて行った」というようなところがあるように思う。ひとつひとつしっかりと誠実に書かれている。だが藤村の感じたこと、思ったことが見えにくい。見えかかったところで打ち切りになる。また藤村の作品を読みたいという気持ちになるのだ。

島崎藤村という人は、親しみを感じさせる人ではなかったらしい。『日本の文学6島崎藤村(一)』(中央公論社・一九六四)の月報での対話。「藤村自身は、人は自分に近づいてほんとうのことを言ってくれない、だから非常に困る、と言ってるんですがね。しかし、近づいて打ちとけられないようにしているのは、藤村自身なんですよね、ほんとうは」(瀬沼茂樹)。「ああいう窮屈な人がよく「藤村詩集」のような柔らかい詩を作ったものだとおもう」(亀井勝一郎)。藤村には、友人も少なかった。弟子らしき人もいない。話し相手がいないと、ユーモアという感覚から遠くなる。

「破戒」の前に、「旧主人」という作品が書かれた。小諸の初老の銀行家の後妻となった若い女性の話だ。彼女は、治療にやってくる若い歯医者と恋仲に。夫は、ある日、自宅で二人の抱き合う場を目撃する。「歯医者は、もう仰天してしまって、周章《あわ》て左の手で奥様の腮《あご》を押えながら、右の手で虫歯を抜くという手付をなさいました」。この家に仕える女性の視点で書かれた場面だが、なんともおかしいので、ぼくは笑ってしまった。でもふと思った。もしかしたら藤村は、読んだ人がここで笑うとは考えていなかったのではないかと。読む人がどう思うかではない。自分の感興だけを支えに書く。生き抜く。そんな藤村を感じる。

藤村には、子どもたちのためにつくった『藤村いろは歌留多』（画・岡本一平）がある。「い」は「犬も道を知る」、「け」は「決心一つ」、「さ」は「里芋の山盛り」。「を」は「丘のやうに古い」。この「丘のやうに古い」には渋い詩情が漂うが、子どもにわかるかどうかを藤村が考えたとは思えない。さすがの岡本一平も、この「丘」に付ける画には苦労しているようす。ちぐはぐさ。行きちがい。それが島崎藤村という人の持ち味かもしれないと思い、ぼくは格別のおもしろみを感じるのだ。読む人と書く人が、作品を通してうまくつながらない。ふれあいを期待できない場所で、制作をつづけた。つらぬいた。そこに藤村のよさがある。

風景の影

自然は、現実のなかにある。いっぽうで自然は、描かれた自然のなかにも鮮やかに息づく。風景を見つめていると、少しばかり離れたところにあるものが、何であるのか、わからないことがあるものだ。物なのか。人影か。それを確かめたい気持ちになる。

島村利正「妙高の秋」（一九七八）は、家族五人の旅。「私」が、宿所から妙高の山容を眺める場面を引く。『妙高の秋』（中公文庫）より。

〈「もうすこし夕闇のなかの山を見るか。あの肩のところでひかっているのは星なのか、それとも山小舎でもあるのかな」

私はそれを確かめるように、硝子窓をぐいと引きあけた。流れこんできたそとの風は思いのほか冷たかった。越路の冬を思わせるような風であった。〉

星なのか、山小舎なのか。冷たい風を入れたら風邪をひきますよと、このあと家族にいわれたとあるから、おそらく「私」はそのまま窓を閉めたのだろう。星なのか。小屋なのか。明らかにすることにはならなかった。こうして秋の一日は終わる。

チェーホフの中編「曠野」(一八八八)は、ロシアの平原を描いたもの。九歳の男の子エゴールシカが進学のために、四輪馬車に揺られて、遠い町まで、未知の、尽きることのない草原を旅していく。見るもの、聞くものがすべておどろき。少年はロシアの大地に生きる人々の姿を知る。その一節。松下裕訳『子どもたち・曠野 他十篇』(岩波文庫)より。

「夕靄を通してあらゆるものが見えはするが、色や物の輪郭までを見分けることはむずかしい。すべてのものが、あるがままの姿をしてはいないのだ」。あるがままの姿ではないとは、とても正確な見方だと思う。たしかに離れたものは、見分けにくい。文章は次のようにつづく。

「こうして馬車で走って行くと、いきなり見えてくることがあるものだ、道の行く手に僧侶のようなシルエットの立ちつくしているのが。身じろぎもしないで、手に何かを持って待ちうけている……。追剝か何かではなかろうか。その影は近づいてくる。大きくなってくる、そしてもう馬車と並ぶところまでやって来た」。それは一体何なのか。こちらは動いているので確認はむずかしい。だからそぐそばまで来て、何であるかがわかるのだ。

「見ると、それは人間ではなくて、ぽつんと生えた灌木だったり、岩だったりする。こういうじっとして、誰かを待ちうけている影は、丘の上に立っていたり、古墳の陰に潜んでいたり、丈の高い雑草の中からうかがっていたりするが、どれもこれも人間そっくりなので、惑わされてしまうのだ。」

この小説には、ワルラーモフという男の「名前」が出てくる。一日じゅう、曠野を馬で跳びまわる商人だ。「ここをきょうワルラーモフが通りましたか」などと、訊ねる人は多いのだが、少年は男についての話を聞くだけで、まだ会うことがない。風のように現れ、風のように去るワルラーモフ。だがある日、突然、彼は現れた。

〈「おじいさん、あの人は誰？」とエゴールシカがたずねた。

「ワルラーモフさ」

なんだって！　エゴールシカはぱっと跳ね起き、膝をついて、白い帽子を見つめた。〉

神秘的な男を、やっと見ることができたのだ。ことばが跳ね上がる一瞬である。ワルラーモフはまた消えていく。彼は草原のなかで生きつづける人だ。それは夢のなかを走る人の姿だ。

いまぼくの目に浮かぶのは、ペラである。三〇年以上も前にギリシア北部の都市テッサロニキから、アルバニアとの国境付近へと向かった。ペラは、アレクサンドロス大王の生まれた、マケドニア王国の首都であると、そのとき聞いた。遺跡も何もない。紀元前四世紀のおもかげも、そのあとのおもかげもない。ただ、うす青い、なだらかな、無人の平原がひろがっていた。いまペラの記憶は、ぼくが生まれる前の記憶のように、ぼんやりと浮かぶだけだ。

ペラが、どうして浮かぶのか。地形だけだったからである。地形だけがある自然。その他には何もなかった。でもなぜか、ふっくらした感じがあり、空気が静かで美しかった。その印象がいまだにぼくのもとによみがえる。うす青い羽をのせたような、静かな大地だった。ペラに向かうときも、そこから村へ戻るときも、農道を、ひらたくなったウサギを運ぶ、小さなトラックが行き来した。ウサギをのせて揺れていくトラックが、いまはペラを思い出す目印となった。

同じチェーホフの「学生」(一八八四)には、野鳥が登場する。その書き出し。前記の文庫より。

「天気は初めのうちよく晴れて穏やかだった。鶫《つぐみ》たちが鳴いて、近くの沼では何かの生き物が、ちょうど空瓶でも吹くような哀れな音を立てていた。一羽の山鴫が飛び過ぎると、それを狙った銃声が、春の空気に高らかに、快活に轟いた。だが、森が薄暗くなると、あいにく東から、冷たい、刺すような風が吹いてきて、あらゆるものが鳴りをひそめた。水溜りには氷の針が立って、森の中は居心地の悪い、ひっそりかんとしたものになった。冬のけはいがした。」

この「冬のけはい」のなかで、神学大学の学生は、たまたま会った農家の婦人たちと、焚火を囲んで対話し、にわかに、劇的に、人生の深淵をのぞくことになる。火にあたりながら物語は深まっていく。

ドストエフスキー「死の家の記録」(一八六二)の「序章」は、シベリアのよさを語るという、この陰鬱な小説の書き出しと思えない晴朗な一節をもつ。シベリアで過ごした人たちは、シベリアをののしりながら、故国に帰っていく。作者はそれについて、こんなことをいう。『世界文学全集Ⅱ—10』（米川正夫訳・河出書房新社）より。

「けれど、それは間違っている。シベリヤでは勤務のほうばかりでなく、多くの点において、けっこう楽な暮らしができるのである。気候も申し分ないし、もてなしずきな金持ちの商人もたくさんあり、ごく裕福な異民族も少なくない。お嬢さんたちは薔薇のように咲き誇っていて、しかもこの上なしというほど品行がよい。野禽は町の往来を飛び交わして、自分のほうから猟師の銃先《つつさき》へやって来る。」

最後の「野禽は町の往来を飛び交わして、自分のほうから猟師の銃先へやって来る」というところが、ぼくにはとても面白かった。新潮文庫・工藤精一郎訳では、「野鳥は往来を飛びかい、むこうから猟師に突き当ってくる」。両方の訳を読み合わせると、いっそう情景が明確になる。野鳥もいっぱい獲れる、という意味だろうが、表現としてみごとだ。

小林勝「太白山脈」（一九五七）は、戦前の朝鮮半島が舞台。正月の学校行事にも出ないで、農林学校の五〇歳の日本人教師・喜重は、山に入る。近所の朝鮮の知人朴粗蒙を連れて。雉やノロや山兎などの獲物を求めて。『小林勝作品集1』（白川書院）より。

喜重は「鉄砲の名人」といわれ、学校の剝製の多くを手がけた。でも学校とも社会ともいい関係がつくれない。自分はいったい何をしているのか。そんな自問をかかえながら歩く。道に迷った場面での二人の会話。

〈――川は君に何かくれるって言わなかったかい？　と喜重は枝をくべながら言った。

――何かくれる？　とんでもない、川の方がお前を欲しいって言ってましたよ。

喜重は疲れのためにしわがれた声をたてて笑った。音もなく雪が舞いおりた。

――わたしはこういう生活が好きですよ、先生。

――ぼくも好きさ、と喜重は言った。〉

二人は、こんなふうに、山のなかを歩いてみたかった、願っていたというのだ。「わたしはこういう生活が好きですよ」ということばは直接的だが、強く胸にひびく。自然を楽しむ人たちの多くが、このような気持ちで山を歩き、空を仰ぎ、水を渡るのだろう。そこには人が人里を離れる一抹のさみしさがある。うしろめたさもある。でも楽しいのだ。このひととき以上のものを思い描くことはできないのである。その心地は、さらにことばを足して強調される。

「彼にとって、今はこれだけが現実だった。いや、自分の生涯の中で、今こそが、唯一の現実なのだ、と彼は感じた。彼がいまこうやって雪の中に野宿している原因となった、大雉子のことも、永年にわたる変りばえのない教師生活のことも、実際それはあったには違いなかったが、今の彼には、もうどうでもいいように思われたのだ。唯一つだけはっきりしており、大切なことは、彼が今こうして火の前にじっとしているということだった。夜の静けさが、彼の胸の中に流れこんで来て、彼の体を満たした。生命を固い皮の下に守りながら、表面は立ち枯れたごとく、じっと立ちつくしている周囲の木々のように、彼は一本の老木となり、深い山の、暗い、透明な、冷たい空気を呼吸しつづけた。」

チェーホフの「学生」と同様に、小林勝の「太白山脈」にも、冷たい空気の底で、暖をとる人びとの風景があった。

日本の詩歌にも、清新な視点から自然をとらえるものが多い。山口青邨の句集『雑草園』(一九三四)より。

〈祖母山も傾山も夕立《ゆだち》かな〉

二つとも大分・宮崎県境の山。祖母山《そぼさん》は一七五六メートル、傾山《かたむくさん》は一六〇五メートル。同緯度で、東西に直線距離で一五キロほど離れる。実はこの間に、同じように高い山が二つあるので、祖母山と傾山が視界に並ぶ地点は限られるかもしれない。どこからこのように見えるのだろうか。そんな想像をしながら、句を味わう。地名という固有名詞が、一句全体の過半を占める。二つの山は夕立ちによってつながり、視界をおおった。

〈愛されずして沖遠く泳ぐなり〉

藤田湘子『途上』(一九五五)より。何か、心に傷を受けたのだろうか。その思いをはらすかのように、青年は、遠くまで泳ぎつづける。「愛されずして」の一語が、暗然ときらめく。自然と心の世界がけわしく交差する。

高校生のとき、神奈川から詩人が来たことを知り、郷里の旅館に、その人を訪ねた。さほど著名な人ではないが、当時みんなでつくっていた高校生だけの詩の雑誌を送ったとき、同人たちの作品に感想を寄せてくれた人だ。すぐそこに日本海が迫る部屋で、詩人は語りはじめた。そのうちに自分が不遇であること、自分よりも能力のない人たちが世に出ることに話を移した。そこからの口調はとても激しいもので、ぼくは風圧に耐えきれず、ときおり海を見ているほかなかった。愛されない詩人の声は、波のように打ち寄せた。

自然は、光をまとうとき、さらに輝きを見せる。上田三四二『湧井』(一九七五)の代表歌。

〈ちる花はかずかぎりなしことごとく光をひきて谷にゆくかも〉

ほとんどがひらがな。〈ちる〉も〈ひきて〉も〈ゆく〉も、ひらがなだ。普段のことばも、このような並びでつながると、とても美しいものになるのだ。なんてきれいな世界だろう。花びらの一連の動きが、いつまでも目のなかに光を残す。自然の光景があることで、その光景を観察することで、日本語の新しい世界が生まれることが、こうした作品でよくわかる。自然がなければ、表現は深化しなかっただろう。人間がいつも持ち合わせるものだけで書いていたら、表現は同じ地点にとどまり、枯れていくはずだ。

島村利正「妙高の秋」には、こんな一節もある。近年は旅にも出なくなり、自然にふれる機会が少ないと記す。「夏には鮎の激流を思い出し、秋には紅葉の谷や湖が、もっと鮮烈な彩りでよみがえってこなければならない。積雪の冬から春の景色も、もっとつよい光があっていい筈だ」。人間の世界ばかりを思うことは、どこか物足りない。「風景には惨烈な人間模様に負けないつよさがあるようだ」と記す。自然の風景がもつ惨烈さ。そこにまきこまれるよろこびもあるのだ。自然も暮らしのなかで変化する。同じところにとどまってはいない。少しずつ動いていく。

〈他界より眺めてあらばしづかなる的となるべきゆふぐれの水〉

葛原妙子『朱霊』（一九七〇）より。もしも幽界から見たら、鮮明な像を結ぶ。そんな夕暮れの風景を指し示す歌だ。あまりに美しいものに出会うとき、それは現実をはみだした、どこか遠くの世界のもののように感じられるものだ。風景への見方を更新する名歌だ。

〈冬河に新聞全紙浸り浮く〉

山口誓子『方位』（一九六七）より。冬の川面に浮かぶ新聞紙が、一枚、大きな平面をさらしながら浮かぶ。意味も方向も目的もない、凛冽な景色である。自然の詩歌は、自然の詩歌にふさわしい題材を選んで書かれてきた。この句はこれまでの自然ではない。人の手のかかわった風景だが、これもまぎれもなく自然の風景なのだ。自然の範囲をひろげる歌は、これからも生まれるだろう。〈新聞全紙〉の句はその先駆の位置に立つ。

黒田三郎の「しずかな朝」は、詩集『小さなユリと』（一九六〇）の一編だ。『現代詩文庫・黒田三郎詩集』（思潮社）に収録。静かな朝。入院のために、自動車を待つひととき。廃品回収の車が目の前を通り過ぎていく。この詩はこう結ばれる。

いつまでも見えているその車を
僕はぼんやり眺めている
車の上につき出ているあの奇妙なものは
あれは何だろう
あれは何だろうと思いながら

ささやかなことなのに、茫然と車を見つめる場面は心に残る。冒頭で、風景を見分ける話を書いた。それらは自然の景色だった。この「しずかな朝」は都会の風景であり、車の話である。詩のなかの「僕」は、通り過ぎた車のてっぺんにつき出るものを、「あれは何だろう」と、いっしんに見まもる。それも自然を見る姿勢であることに変わりはない。風景は日々新しい影をかかえる。青い羽のような影をつけていく。心の世界を加えながら、自然は少しずつ範囲をひろげる。その新たな全景のなかに、いままで通りの川があり、海があり、空があるのだ。

夢の生きかた

室生犀星（一八八九―一九六二）は、日本の近代詩を切りひらいた。小説でも幾多の名作を書いた。犀星には、六九歳のときの回想『我が愛する詩人の伝記』（中央公論社・一九五八）がある。野趣にあふれ、鋭い省察が随所にみられる。時代が変わっても読む人の心をとらえる名著だ。新装普及版（同・一九六〇）、新潮文庫（一九六六）、中公文庫（一九七四）につづき、このほど講談社文芸文庫になった。解説は、鹿島茂。

対象は、親交のあった明治・大正・昭和期の詩人。生年順では島崎藤村、高村光太郎、山村暮鳥、北原白秋、萩原朔太郎、釈迢空（折口信夫）、千家元麿（以上、犀星より年上）、百田宗治、堀辰雄、津村信夫、立原道造（以上、年下）の一一人の故人。人名が、そのまま表題となる。

「北原白秋」。若き犀星は、白秋の詩誌を注文し、田舎の郵便局から為替で送金。「たったこれだけのことでも、月給八円もらっている男にとっては大したふんぱつであり、そのために詩というものに莫大なつながりが感じられた」。白秋の雑誌に投稿。「ふるさとは遠きにありて思ふもの」の詩稿も含まれていた。それらは「一章の削減もなく全稿が掲載され、私はめまいと躍動」を感じた。後年白秋は語った。犀星の字は拙い。なぜ載せたか。「字は字になっていないが詩は詩になっていた」と。犀星は書く。「彼は妙な愛情で私の字の拙いことを心から罵ってくれた」。「高村光太郎」。さほど年長でもないのに、いちはやく登場した光太郎の存在に、犀星はざわつく。「誰でも文学をまなぶほどの人間は、何時も先きに出た奴の印刷に脅かされる。いちど詩とか小説で名前が印刷されるということは傍若無人な暴力となって、まだ印刷されたことのない不倖な人間を怯えさせ、おこりを病むようにがたがた震えを起させるものである」。当時、詩が活字になって印刷されるのは、無名詩人にとっては夢のようなこと。印刷ということばは、まばゆさの象徴である。

高村光太郎の妻、智恵子の印象はよくなかった。訪ねると、光太郎は留守だった。智恵子はのぞき窓のカーテン越しに、冷たくあしらう。愛する夫には忠実な智恵子。でも「私それ自身は彼女に一疋《いっぴき》の昆虫にも値しなかった。吹けば飛ぶような青書生の訪問者なぞもんだいではないのだ」。このあと、こう書く。「それでいいのだ、女の人が生き抜くときには選ばれた一人の男が名の神であって、あとは塵あくたの類であっていいのである」。

先に世に出たものの「印刷」におびえると書く。「塵あくたの類」であって当然と書く。よく見ると、いずれも凡庸な見解だが、正直にまっすぐに書くので、強く迫る。心の回想はつづく。

次は「堀辰雄」と「立原道造」。堀辰雄のお母さんは、「堀がいまに本を書く人になることを考えて、或る製本屋に近づきがあったので態々《わざわざ》菓子折を提げ、うちの子の本が出るようになったら、どうかよい本に製《つく》ってやって下さいと、挨拶にゆかれたそうである」。その母親は、堀辰雄が世に出る前に亡くなる。息子の本を一冊も見ることなく亡くなる。印刷、製本。それが文学なのだ。印刷、製本の夢をみる。それは犀星の夢でもあった。夢がかなえられても、まだ夢であった。それが詩人の生涯なのだろう。

立原道造は、軽井沢の犀星の家にやってくると、木の椅子に腰を下ろして、いつも眠っている。「僕の詩でも、ラジオで放送してくれることがあるでしょうかしら、してくれると嬉しいんだがナ」という青年だ。「誰でも持つ初期の心配をたくさんに持っていた」。犀星は、二四歳で亡くなった立原道造の詩が、そのあと多くの人に愛され、何度も全集が出た点を記す。印刷、製本の次は、ラジオ。読んでいくと、文学そのものの「自伝」を開く心地になる。

最後の章は「島崎藤村」。気むずかしい大家藤村に、犀星は近づけない。会っても話ができない、遠い人だ。それで、ここでは、人から聞いた話を書く。

藤村が軽井沢の旅館に泊まったとき、世話をしてきた婦人から、色紙をたのまれる。「藤村は機嫌好く一字ずつ、念を入れて書いていた」と犀星は記す。「信州の片田舎の旅館の朝の間にも、対手に島崎藤村という者をしたたか認めさせたかったのだ」「わが島崎藤村は生きた一人の女性から充分にみとめられ、あがめられて余韻なきものであった」。この場面。詩人というものを伝える視点としては通俗的かもしれない。だが誰にも見えないものをとらえて書き切る。みごとなものだ。

はっきりとはわからないけれど、何もかもが凄い、ということがわかった。ガラス一枚向こうには俗臭が漂う。だがそんなところでも詩人たちは正直に、懸命に過ごした。生きるしるしを残したのだと思う。本書に現れるのは詩を書く人たちだけではない。苦しむことを知りながら、すなおに生きようとする人たちの姿である。

詩の時代

一九六八年の四月、『現代詩文庫・吉本隆明詩集』（思潮社）が刊行された。ぼくが大学に入った年である。現代詩文庫は、主要詩人の代表作を網羅するもので、その年の一月から配本が開始された。第一巻は田村隆一、第二巻は谷川雁、第八巻が吉本隆明だった。そのあと、同じ年に『吉本隆明全著作集1定本詩集』（勁草書房）が刊行された。以上の二冊で、ぼくは吉本隆明の詩を知った。とくに「ちひさな群への挨拶」の、

ぼくがたふれたらひとつの直接性がたふれる

の一節は、新鮮だった。これまでにないことばの姿を見た心地がし、意味もわからないまま、この詩句に酔いしれた。堀川正美の詩集『太平洋』の詩の一節、「時代は感受性に運命をもたら

す」とともに、「直接性」の一行は、ぼくの胸に強くきざまれたのだ。行く手を照らしたのだ。学内の友人たちも、よく詩を読んでいた。吉本隆明の主な詩を暗記している学生も少なくなかった。みんなどこかで変革のためにたたかっていたので、あるいはたたかっている人のことを見ていたので、未来性、予言性をもつ詩のことばは、現実を超える世界を示すものとして大切に扱われたのだ。未知の言語を知ることは、自分の世界をひろげることでもあるのだ。だが、もう一面あった。それは思想家としてもっとも注目される吉本隆明が詩を書いているので、詩とは意義のあるものなのだ、思想とそれこそ直接するものだという理解から、詩を読むことは当然のことであると感じる人たちも多かったように思う。

「エリアンの手記と詩」とか「転位のための十篇」といった吉本隆明の表題に、ぼくは当時違和感をおぼえた。手記とかノートとか、素描、エスキス、記述、私注、といったような「書く」形式にまつわることばが同時期、流行した。「転位」には、その人自身を高く掲げる気配がある。そこには自分の書くものが、その世界で、ある程度了解されているという前提がある。詩を書く場面で、このようなことばが入ると「浮かれている」印象を与える。もし誰ひとり、その人の書くものに興味を示さなかったならば、「転位」も、「転位」の前もないのだから、まったく意味をなさない。それを書くことができるのは、「詩が読まれている」という実感が、その人のなかにあるということだろう。「読まれている」ことがたとえ幻想であったにしても、そのような日差しのなかで、詩が形成された。それが詩の時代というものなのかもしれない。いずれにしても少数の人たちであれ、詩のことばに抵抗感をもたない人たちが、吉本隆明の詩を読み、支えたことになる。その意味で吉本隆明の詩は、その時代に直接する詩であった。詩の世界にとっても「倒れてはならない」詩であった。

それから半世紀が経過した。ようすは大きく変わった。詩は、多くの人から遠いものになった。吉本隆明の『戦後詩史論』にも引用される、田村隆一「幻を見る人」の一節。「一羽の小鳥でさえ／暗黒の巣にかえってゆくためには／われわれのにがい心を通らねばならない」。暗黒の巣は、小鳥にとってはマイナスのイメージなのに、そこへ行くのが楽しいことであるようにも扱われているので、意味がわからない。小説などの散文しか読まない人は、そのように思うかもしれない。そうなのだ、詩は、ある意味で矛盾だらけなのだ。だが詩を読むことは、人が生きることと同じように、矛盾のなかを通ることなのだ。詩は人間のさまざまな面とつながるものであり、結ばれているものであり、見た目はわるくても、人の心にとても身近なものなのだ。

でもそのような説明は、半世紀前なら不要だったろう。詩のことばを、その光も影もまるごと見つめて、味わう。そこに詩のよさ、おもしろさがあるのだが、散文の支配下にある現在の人には理解しにくいことかもしれない。だが詩を読む、読まないにかかわらず、詩歌のことばとはどういうものなのか。人間の意識や活動に、どのようにかかわるものなのか。その大枠を知ること、確かめること。それだけは失いたくない。

吉本隆明は『詩学叙説』（思潮社・二〇〇六）の「詩学叙説」なかで、これまでも使ってきたことばをあらためて用いて、詩と散文の区別を語る。

言語の〈意味〉よりも〈価値〉に重点を置いて描写されるものを「詩」と呼び、〈価値〉よりも〈意味〉伝達に重点が過剰に置かれた描写を散文と呼ぶというほかないとおもえる。

シンプルだが、とても重要な指摘であると思う。〈価値〉とは、意味として確定できないものを見定めることだ。その作品のなかに、そのことばが、そこに、そのようにして置かれているということを、そのまま受け入れる世界で成立するものだともいえる。以前の人の多くはそのような感受性を多少はもっていた。未知の言語を知ることで、自分の世界をひろげようとする気持ちがあった。時は移り、詩の〈価値〉は、散文の〈意味〉のなかに吸収され、姿を変えていくことになる。それは人が一つの時代を通り過ぎたことを意味する。でも不断にその動きを読みとり、表現してきた吉本隆明の批評は、これまで以上に大切なものになっていくことだろう。〈意味〉と〈価値〉だけではない。そのことばはいつも、世界を照らした。詩のように照らしていた。

ヤマユリの位置

以前よりも詩への興味はうすれたとはいうものの、いまでも詩を書きたい人は多い。この四月からも新宿などで実作講座を担当するのだが、受講者三〇人前後とはいえ、熱気のようなものはかつてとさほど変わらない。どうしたら詩が書けるのか。自分の力で進めるしか方法はないが、講座のようなものがあれば何か参考になるかもしれないという気持ちなのだと思われる。ぼくが詩を書き始めたころは、いなかだったせいもあり、詩の講座のようなものはない。

地元の新聞や全国紙地方版の片隅に、地元で発行された詩誌の紹介欄があった。短い文章なのに、ある評者のことばに不思議な魅力があって引きこまれた。誰が書いているのか。ときに末尾に、一雄とだけ署名がある。その一雄さんに高校生のとき出会い、終生ぼくは一雄さんのもとで詩の世界を知ることになった。会う前、中学三年のとき、一雄さんに詩の原稿を送って指導をお願いしたら、赤いエンピツで何か所か添削したものが送られてきた。あまりにうれしくて、ぼくは添削の内容を見なかったように記憶する。しっかりとここで詩の要点を知ったら、それから、いまにいたるまでに、ぼくも少しは、いい詩が書けたかもしれない。

大学一年の春、東京・中野区野方の下宿を出て歩いていたら、区の案内板に「中野区成人学校・詩の教室」の貼り紙を見つけた。講師は、黒田三郎。ちょうど『現代詩文庫・黒田三郎詩集』（一九六八年一月）が出たばかりだったので胸が躍った。そのとき、黒田さんが何を話したかは忘れたが、この一歩も意味のあるものになった。おそらく似たようなことは誰にも訪れるだろうから特別なことではない。

詩を書いてみたら、詩ができた。感想などをもらい、かてにする。ここまでなら詩の問題には際遇しない。そのうちに、何人かの人たちと並んで、自分の詩が掲載されるというステージに入る。自生した詩から、競争の詩への移動である。そこで自分がどんな作品を書くか、というあたりから詩は行方も知れない茨の道となる。

八木重吉（一八九八―一九二七）の「へへののもへじ」。『現代詩人全集』第五巻（角川文庫・一九六〇）より。

「へへののもへじ」

あつい日だ

こどもをつれてきたらば
路のうえへ
石っころで　へへののもへじとかけという
ひとすじのこころとなり
へへののもへじとかいた

「へのへのもへじ」が一般的だが、地域によっては「へへののもへじ」にもなるらしい。子どもが、これをしてというと、おとなはそれをしなくてはならない。それだけの道理を正面からうたった詩だ。たった六行なのに、これ以上動かすところがない、鉄壁の詩である。とくに「ひとすじのこころとなり」の表現は無上のものだ。だが仮に、ぼくが作者であったら「作品特集」にこの詩を発表することはしないと思う。だって、こんなに短い詩を出したら、誰かに笑われるから。他の、展開があって、複雑な内容をもつ詩といっしょにこの詩が並べば、見劣りがすると思うから。つまりコンテストのような場所ではこの詩は不向きということになる。こういう詩を堂々と作者が提示できるのは、作者のなかにコンテストが存在しないからである。詩は競合するものではなかった。自生のままでよし、とするところに近代の詩の瀬踏みの強さがあった。それは現代詩へと流れる時間のなかで消え果てたものの一つだ。

小野十三郎（一九〇三―一九九六）の「三重連」は、詩集『拒絶の木』（思潮社・一九七四）に収められた一編である。『定本小野十三郎全詩集』（立風書房・一九七九）、『小野十三郎著作集』第一巻（筑摩書房・一九九〇）収録のさい、題名と第一行の表記と配置にいくらかの異同がみられるが、ここでは主に初版にもとづく。

「三重連」

D51三重連
おそらく最後の最後の。
ここは遠い伯備線の山中である。
布原信号所は
朝から霧雨が降りつづいている。
霧にぬれたヤマユリの花のそばに
カメラをすえて待ちかまえた。
少し暗いが。

『拒絶の木』は、著者後期の代表作。ぼくはつねづね開いて、その作品を繰り返し読むのだが、この「三重連」という短い詩が、詩集の最後に置かれる是非について、どれだけぼくは考えてみたかわからない。他は一定の長さをもつ、重厚な詩なので、最後にこれを配置する著者の判断がぼくにはわからないのだ。あまりにそっけない詩なので、一集の印象が、実像よりも軽くなる気がしてならないのである。

伯備線の布原信号所という絶好のポイントで、最後の蒸気機関車をカメラにおさめようと待ち構えることはそれはそれで感興だろう。「少し暗いが。」という最後のことばも、作品の結びとしてみごとかもしれないが、詩集の結びとするには通常なら勇気がいることだ。だが敢えてそうすること、その無造作なようすにこそ、この詩集のよさがあるのだろうが、果たしてどうなのかということで、ぼくは悩み苦しむのだ。

これはコンテストというものにぼくがとらわれている、とらわれすぎているしるしかもしれないが、現代詩の父ともいわれる小野十三郎の内部には、八木重吉の「へへののもへじ」ともつながる前・現代詩の血脈があり、それがこんなところに現れるのかもしれない。先日、同じく小野十三郎の『異郷』(思潮社・一九六六)を古書店で手に入れて開いたら、最後の詩は「秒よみ」という、これも輪をかけて簡素な短い詩だ。

さて前記の一雄さんの筆名は、則武《のりたけ》三雄《かずお》(一九〇九―一九九〇)である。その短い詩を一つ。

「ガーネット氏」

僕はガーネットがすきだ
何時か佐藤春夫が訳していた
ロンドンの郊外に出た男が
5ポンドの贋金をつかませられて
かえってくるとやはり5ポンドに使えた
正真正銘の5ポンド貨だった短篇
それから狐になった奥様の作者もやはりガーネットだった
僕もあんな小説が書きたい
日記に書きたい希望を書いている

則武三雄には他にも、いい詩と思われるものがいくつかあるけれど、この「ガーネット氏」は今回の趣旨に合うかもしれないと思ったのだ。『偽詩人』（北荘文庫・一九五四）に収録のあと、総合詩集『持続』（一九七〇）、『葱』（一九七八）、『三雄詩集』（一九八四）に再録されたが、この詩を知る人はほとんどいないと思う。この詩は、最初から終わり近くまではなんということはないが、最後の「僕もあんな小説が書きたい／日記に書きたい希望を書いている」という一節がとてもいいとぼくは思う。こんなものを書きたいという真率な気持ちがそのまま記され、そのようすが可憐で、心地よい。詩をこんなところで終えることは、なかなかできないことで、「この作者は詩を書きなれていない人だ」という印象を与える。それがこの詩のもつ絶大なセンスなのである。どんなに大きくて深い詩もこうした一節に働くセンスをつないで生まれるものだ。これから詩を書く人は、ときに、かけらのように思われる詩の場面に注意することも必要かもしれない。

その点で『木山捷平全詩集』（講談社文芸文庫・一九九六）は一つの宝庫だろう。木山捷平（一九〇四―一九六八）の詩では「五十年」という詩がもっとも知られている。

「五十年」

濡縁におき忘れた下駄に雨がふつてゐるやうな
どうせ濡れだしたものならもつと濡らしておいてやれと言ふやうな
そんな具合にして僕の五十年も暮れようとしてゐた。

この詩「五十年」は、ある年齢を過ぎた人の感慨である。単純ながら、とてもいい詩であり、すぐれた詩であると思う。他にも「旅吟」「赤い着物を着た親子」などの秀作があるが、これら以外の、どうということのない詩にも目がとまることがある。

「柚子《ゆず》」

中実よりも皮の方がおいしい。
さう言ひ言ひ
私たちは夕べ柚子をたべた。

ほとんど散文に見えるが、それでもその基底に詩的表現の気配があるように感じられる。ことばの数量、行かえの感覚がみごとなのだ。木山捷平はその点で外れることがない才覚をそなえていた。こういう場面を過不足なく書ける人はきわめて少ない。現代の詩人にも数えるほどしかいない。こうしたなんでもないことがしっかりと書かれているのは、詩を伝えるためというよりも、ここで詩が生まれる環境をととのえるためで、作者が詩の内側に集中するためには欠かせないことなのだ。

一角の組織がひきしまると、それが暗い詩、複雑な詩であっても光をまとい、内容をはねあげ、全体の詩がつくられる流れが起こる。読んでいる人は、まるで自分もまた何かをなしおえたような気持ちになり、とても心地よいのだ。それが詩なのだと思う。それを見越すかのように、詩のことばを出してくる。それがほんとうに詩を書ける人なのだろう。

密度の高い部分だけで詩ができることはない。ひきしめた部分と、次の同様の部分が来る間に、あまりものをいわない平淡な箇所をまじえないと詩は色づかないし、深まりもしない。それでも前提となるのは、一節ごとに作者の注意が払われるかどうかである。それをおろそかにしては詩とはいえないだろう。ぼくは「へへののもへじ」も「三重連」も、「柚子」のような詩も書けないまま長い時間を過ごしてきたが、だからといって、みちたりない思いにはならない。詩は書くことだけではないからだ。「私たちは夕べ柚子をたべた」という詩を、ぼくはいまみちたりた思いで見つめるのだ。中実と皮を味わうのだ。

川上未映子の詩

川上未映子の詩集は、『先端で、さすわ　さされるわ　そらええわ』（青土社・二〇〇八）と、『水瓶』（同・二〇一二）の二冊がある。書物のどこにも詩集という文字はつけられていないけれど、その散文詩のことばのようすから、各編は詩であり、ともに詩集であるとみていい。『先端で、さすわ　さされるわ　そらええわ』の表題作は、関西のことばでできたもので、語りと展開のおもしろさに深く魅せられるが、『水瓶』はさらに発色がよく、そのなかでは特に「戦争花嫁」が際立つ。戦争期に世界各地でみられた戦争花嫁と直接関係はない。戦争花嫁という単語のイメージを意識の内外に、鋭く鮮やかにひろげていくもので、近年の日本の詩の傑作だ。

「ある女の子が歩いているときに、不意に戦争花嫁がやってきて、それはいつもながらさわることも嚙むこともできない単なる言葉でした。なのでつかまえて、戦争花嫁、と口にしてみれば唇がなんだか心地よく、豪雨の最中だというのに非常な明るさの気分がする」。これがこの作品の始まりだが、作者の詩の基本的な性格が示されている。まず、「それはいつもながら」って、どうして出たのと、ききたくなる。この詩に。「非常な明るさの気分がする」というのも、普通なら、非常に明るい気分になる、というところだけれど、これもどうして出たの、と詩にききたくなる。それに、「豪雨」も意表をつく。天気もあるとは知らなかった。でもこの詩は何も答えないまま進んでいくので、この詩全体が、どうしたの？　という気持ちになるのだ。ことばが突然で、語法の枝が少し折れ曲がっていてもまったく気にならない。するすると読むことができる。

少しあとにある、「自分のすべてのつなぎめをできうるかぎり検分した直線のけっか、傷というものの本当を、よくしってる気持ちがするから、女の子はそれを自身の立脚のなかに発見したのだった」。検分とか立脚とか、扱いにくいことばが使われるのに、誠実に心身を傾けるあまり、そうしたことばを必要とするような、何かの動きがあったのだろうと思うので、こちらも過ごしやすい。戦争花嫁という単語のまわりにいろんなものが自発的に集まってきて、とけあい、話しあい、ときにはそむきあったりしながら、詩がつくられているのだ。歴史とも時代とも無縁なのに、新しいことばの社会がつくられているのだ。

散文詩は、散文という摂理の抑圧をうけながら、ところどころで、多くは、すみっこで、詩を示していくものだ。だから、ことばがとどこおったり停止したりするとき、ここですね、ここに詩があるのですねと、こちらは思うのだが、川上未映子の詩は、明快なのに、そうした残すためのことばの痕跡がない。どんなことばもつながる空気が生まれ、ことばは次のことばに吸いこまれていき、その場から消える姿勢をとる。戦争花嫁という単語は、起点を記録するために居残ることになるけれど、あとは、いいことばも、表現もみんな消えていく。詩のことばが、これまでふれなかったことに向かっている動静だけが残像となるのだ。ここまで爽快な散文詩はこれまで書かれていなかった。

そのために、もっとも効果を発揮するのは、いいかえだ。「そこに書かれてあるのは数個の単語。ほんとはいつつ」は、「数個」を「いつつ」に、いいかえた。「祝いを競うわけでもなく、春にいいようにされるわけでもなく」など、どこかから果物を出すようにして、ことばを添える場面が多い。「繰りかえすたびに、何かが何かを持ちこたえてるような処理があって」。とはいうものの、そのことばも同様である。これは、ことばが消えるときに、よりたくさんことばが消えることになるための一段階で、ふえることが、別のはたらきをもつものに切り替わるのだ。結びは、「その目は火と空と土のすべてを飲んで冷えつづけ、戦争花嫁はそこからもう永遠に、一歩だって動くことはできない」。何かもう胸がいっぱいになるような最終場面だ。ことばは始まり、消えて、そのあと、このようにして終わる。そういう社会が提示された。

古代詩の眺望

『文選《もんぜん》 詩篇』（川合康三ほか訳注・岩波文庫）は、中国最古の詩文選集『文選』（五三〇年頃成立）のすべての詩作品を収録し、精細な訳注を付す。文庫は初。全六巻で構成。このうちの第一巻、第二巻が刊行された。

『文選』は、中国南北朝時代、南朝梁の昭明太子蕭統《しょうとう》（即位前に三一歳で死去）が文人たちの協力を得て編纂。周代から秦、前漢・後漢、三国（魏・蜀・呉）、西晋、東晋、宋、南斉、梁代まで約一〇〇〇年間の詩文の精華を文体別に三〇巻に収める。以降、中国の詩文の規範となった。

「書《ふみ》は文集《もんじゅう》、文選」（枕草子）、「文は文選のあはれなる巻々、白氏文集《はくしもんじゅう》」（徒然草）とあるように白楽天の『白氏文集』と並称され、王朝期以後の日本文学にも大きな影響を与えた。文選読み（音読し、次に訓読）も生まれた。中核となる詩篇は江戸期以降、漢詩の黄金期・唐代の詩（李白、杜甫ら）の陰になるが、そこには唐詩に先駆ける古代の詩情が息づく。以下一部新字で。

詩は、二三に分類。補亡（中国最古の詩集『詩経』の亡佚詩篇を承ける）、述徳（祖先の徳を称揚）、勧励（善行の奨励）、遊仙・招隠・反招隠（仙界への意識）、遊覧（自然の探勝）、哀傷（人の死）など人事、自然の全眺望が得られる。

第一巻、詠史（歴史上の人物に自己を重ねる）の一首、曹植（一九二—二三二）の「三良詩」は、殉死した子どもたち（三良）に思いをはせ、「黄鳥爲悲鳴／哀哉傷肺肝」（訳・黄鳥は彼らのために悲しげに啼く。ああ哀しいかな、胸が張り裂ける）と結ぶ。

第二巻には、「竹林《ちくりん》の七賢《しちけん》」が登場。俗世を離れ、竹林に集い、清談にふけった隠者たちだ。その領袖、阮籍《げんせき》（二一〇—二六三）の「詠懐詩十七首」は、五言の連作詩。心の奥底にあるものを照らす詠懐詩の先蹤となる雄編。「夜中不能寐」から起こし「憂思獨傷心」で結ぶ第一連は、夜になっても眠ることができず、ひとり胸を痛めるようす。本書の補釈では「具体的に何を憂い悲しんでいるのか明言されず、憂愁の感情のみが純粋に形象化される」。詩はこのあと、男女の不意の別れ、同性愛の情景、秦の宰相李斯の最期、農夫に身を落とし瓜をつくった無位無官の幸福、支えあう動物たちの姿、神仙への欲求と再思、というように旋回。「一つの方向に収束するものではなく、千々に乱れる思いがそのまま繰り広げられる」。当時は、多くの詩人が非業の死を遂げた。阮籍も恐怖政治下で懊悩した。四方に視点を散らし、苦しみながら書き上げられた、強靱な詩である。

顔延之（がんえんし）（三八四―四五六）の詠史「五君詠五首」は、「竹林の七賢」の主な哲人の個性を描きわける。阮籍（身を潜めても、見識は細緻）、嵆康《けいこう》（生まれながらの超俗の人。時の権力者にうとまれ処刑される）の次は、劉伶《りゅうれい》。彼は「懐情滅聞見」（原文第二句）。訓読は「情を懐《いだ》きて聞見を滅す」。訳は「思いは内に秘め、外界を見るも聞くも断ち切った」。さらに補釈では、酒を愛するも、「外界を遮断し、内面に沈潜するための酒であったと、劉伶にとっての飲酒がもつ意味を説く」とする。

訳、語注だけでは、この詩がどういうものか、この詩のどこに「詩」があるのかを十分に知ることはできない。本書では原文、訓読、訳、語注（とてもこまやかなもの）、押韻のあとに補釈。漢詩を知らない人もこの順序で詩の世界に近づくことができる。訳と補釈の「散文」をたよりに、これはこうなのか、それとも、というように少しずつ分け入る。それが『文選』を読む楽しさだ。詩のことばとそうではないことばとのかかわりを知る機会でもある。

なお「竹林の七賢」の七人は、世代のちがう人もいたので、全員がいっしょに会ったことはない。『文選』には、はるか彼方の人物をいつまでも思いつづけたり、とどまって考えてみたりなど、会ったこともない人を大切にする作品がとても多い。人びとは歴史から明かりをとって、現世を生きぬいたのだ。

魏晋南北朝時代（六朝期）は専制君主なき大分裂の時代だが、詩人陶淵明、書家の王羲之、画家の顧愷之らが現れ、文化への意識が高まった。「武力こそはたよるべき力であったと思われるにもかかわらず、武力をもたない文人貴族と知識人は、ついに武士階級の形成を許さなかった」（川勝義雄『魏晋南北朝』講談社学術文庫・二〇〇三）。貴族文化は、武力と対峙した。見識をもつ人が、人びとの最終的なよりどころになったのだ。そんな時代に、至宝『文選』は編まれた。この時代の人たちの生き方、見方には、いまも学ぶべきことが多いように思う。

『文選』詩篇は、漢代の民謡から生まれた五言詩がすでに主流だが、古来の四言詩も混在。詩型の上でも音調の上でも、自由度が高い。精錬された唐詩にはない、いい景色をいくつもいくつも見せてくれる。それが最大の魅力だ。「百一《ひゃくいち》」という詩の区分があることも本書で知った。人間と社会の諸相を批評するものだが、なぜ「百一」なのか定かではないらしい。『文選』で「百一」に属するのは、たった一首である。一つで生きる。生きていく。それも詩の姿だ。陶淵明は第四巻から登場。

若き日の道へ

森内俊雄『道の向こうの道』（新潮社）は一九五六年から四年間、大学生だったときのことを回想する連作六編を収める。ほぼ一年に一作のペースで文芸誌「新潮」に発表された。「飛行機は南へ飛んで行く」「たまさかに人のかたちにあらはれて」「赤い風船」「今日は昨日の明日」「二進も三進も」「道の向こうの道」がそれぞれの題だが、一編の長編としても読むことができる。

ページをたどっていくと、大学の級友、先生、下宿先の人、そして郷里大阪の友人や家族も顔を出す。それらおおぜいの人たちとともに、四年間の物語が進んでいくのだ。休暇のときには帰省するし、ときには日本各地へ旅をする。それも学生の時期ならではの思い出である。もちろんこのような体験をしたのは著者であり、読む人は無関係なのだが、読みすすめるうちに、この小説のなかのできごとや風景がとても身近に感じられてくるのだ。どの場面もていねいに書かれているけれど、この世の中は不思議なこともあるので、ていねいに書きようがないこともある。そこもまた面白いと思う。たとえば、同じクラスの仲間の話。親のほうをたどっていくと、そこにも世界がある。そこでこれまで知らないことを知る。またクラスには、ときおり有名な人の息子や娘がいるものだ。ある日、級友の「田中にそそのかされて」同じクラスの杉野弥生子の家を訪ねる。彼女の父は経済学者。

「杉野弥生子が応対に出てきて、客間に案内した。そこで緊張して待っていると、襖がそっと開いて彼女がラジオを抱えてはいってきた。そして、茶を供するように、それを置いたきり二度と姿を見せなかった。そのあとのことは酒の一気飲みをやったかのように、いっさい記憶にない。」

これはなんだったのだろう、という光景だ。いまも筆を尽くせないところに、ほんとうの思い出があるのだ。それが学生の時間なのである。杉野弥生子だけではない。ほかの級友や、高校時代の同級生なども含めて多数の人名が出るが、それらのほとんどは実名である。いま引いた一節の前文に「例外はあるものだが、おおむね男子学生こぞって、杉野弥生子の一挙手一投足に注目した。白取貞樹、植草行雄、田中一生、李恢成しかり、わたしもその一人である」とあるように。

著者は「赤い風船」のなかで、実名を出して書いていることについて記す。「実際、姓名は尊い。そのままで唯一、掛け替えのない人格、それ自体が生そのものである。その姓名の力をこそ借りて、はじめて書き得る世界、境遇がある」。むろんそこには必要な配慮はあるのだが、実名ならではのよさが感じとれる。その人たちのようすをつないでいくうちに、若き日の道をともに歩いたときのことが、著者だけではなく、こちらにも近しいもの、いとおしいものに感じられてくるのだ。それがこの作品を読むことで得られる楽しさである。

人の姓名と同じように、書物の名前も同様である。伏せる必要はないのだ。これはあたりまえすぎて、普段意識しないが、大切なことであると思う。あちらこちらに、その頃に読んだ詩歌や哲学の書物が「実名」で出てくる。この作品は、読書の記録でもあるのだ。

伊東静雄の詩がいつも心のなかにあるようで、その詩のことばが随所に登場する。室生犀星の詩句もしかり。風景や自分の気持ちに合わせて、ふと文学作品の一節が浮かぶこともしばしば。ときには人を形容するときにも使われる。ある級友を語るところでは「木下夕爾の詩集から抜け出てきたかのような甘い風貌で」とある。「この季節、暖房は「ゆきゆきて　ここに　ゆきゆく夏野かな　蕪村」の世界を開いていた」。詩歌だけではない。信号待ちのとき、駅の平屋屋根の反りをみて「荘子」の冒頭の一節を思い出すこともある。

どのようにして学生時代を過ごしたかは、どのようなものを読んだかということと深く結びつく。そんな時代の学生の心の世界がここにはひろがっているのだ。多くの書物を知っただけではない。読みおえたあとも、それを灯りにしていた。大切にして生きたあかしなのだ。その情景もかけがえのないものである。

流れは動く

水枕ガバリと寒い海がある　　西東三鬼

『西東三鬼全句集』（角川ソフィア文庫・二〇一七）は、現代俳句の鬼才西東三鬼（一九〇〇―一九六二）のすべての句を収める。全句集の文庫では『西東三鬼句集』（角川文庫・一九六五）、『現代俳句の世界9西東三鬼集』（朝日文庫・一九八四）以来の刊行となる。

西東三鬼は、岡山県津山市生まれ。シンガポールと東京で歯科医を開業。東京・神田の共立病院歯科部長のとき、患者を通して俳句を知る。そのとき三三歳だから出発はおそい。一九四〇年、「水枕」の句を収めた第一句集『旗』で新興俳句の旗手となるが、戦争批判の作品で検挙された（京大俳句事件）。戦後は山口誓子主宰「天狼」を支え、俳句革新に力を尽くす。根っからの自由人。これまでにない大胆な発想。尖鋭な感性。多くの名句が生まれる。

名句、代表句は、後世の人が見定めるもの。一般的には山本健吉『現代俳句』（角川新書・一九五一―一九五二、角川文庫・一九六四）や、各社・文学辞典「西東三鬼」の記載が一応の基準となる。『夜の桃』（一九四八）の代表句は、

おそるべき君等の乳房夏来《きた》る

中年や遠くみのれる夜の桃

だろう。二句は同時期の作。「恋猫と語る女は憎むべし」「人の影わらひ動けり梅雨の家」「顔みつつ梅雨の鏡の中通る」のあとに「おそるべき」乳房が来て、「茄子《なす》畑老いし従兄《いとこ》とうづくまり」につづく。そのあとに「中年や」が現れる。掲載順が制作順とは限らないとしても、どのような流れで生まれ、動き出すのか。どのように流れは動くのか。全句集はそれを知る絶好の機会だ。

みな大き袋を負へり雁渡る

は、終戦直後の庶民風景を象徴する名句だ。みな、大き、袋、などの単純で平凡な語のつらなりが風景をつくり、鮮やかな映像となって胸に迫る。「おそるべき」才能というしかない。ことばがいつ、どのようにつながるときに、これまでにない新しさ、美しさが現れるのか。「みな大き」の引きしまったことばが、無言のまま知らせる。現代詩歌の代表作の一つである。

さて前後を見ると、秋の句を始めたあと「秋の暮彼小さし我小さからむ」の少しあとに、この「みな大き」が登場。「小さし」の対照で「大き」が出たと思われるが、「みな大き」には突然現

れるときの静けさがある。興趣は尽きない。同じ『夜の桃』。「枯蓮のうごく時きてみなうごく」「露人ワシコフ叫びて石榴《ざくろ》打ち落す」の二つは、ぴたり隣接。「枯蓮」の自然な動きと「露人」の意識的な動作の対照。「自句自解」によると、ワシコフ氏は、戦時中、神戸の洋館に住んだときの「私の隣人」で、白系ロシア人。さほど親しい人ではない人の「一瞬」が発火点となる面白さ。少しあとの、絶唱というべき「限りなく降る雪何をもたらすや」には、ワシコフ氏のことが何らかの影を落としているかもしれない。最後の句集『変身』（一九六二）の、

秋の暮大魚の骨を海が引く

は、「鳶ちぎれ飛ぶ逆撫での野分山」の少しあとに現れる。「鳶ちぎれ飛ぶ」の烈しさが「大魚の骨」を強く引き出したかに見える。これもすぐれた作品だ。他にも「緑蔭に三人の老婆わらへりき」（『旗』）、「炎天の犬捕り低く唄ひ出す」（『今日』一九五一）、さらに「拾遺」編には、多くの人が話題にする「広島や卵食ふ時口ひらく」（一九四六・連作「有名なる街」）がある。際立つ句が、次々に見つかる。こうした名句の内側をたどる。あるいは周りの句の表情を見つめる。どちらも楽しい。さらに、それらがとけあって別の景色に変わることもある。人の視界を大きく開く。そんな作品を西東三鬼は書いた。

平成の昭和文学

昭和期に登場した作家たちが、平成期に書いた作品から選んだ。

後藤明生『しんとく問答』は、平成七年刊。「弱法師《よろぼし》」俊徳丸ゆかりの地を訪ねるなど、大阪が舞台。「十七枚の写真」は宇野浩二の文学碑をめざして歩いたとき、途中で撮った写真の説明をする単純なつくり。少し知っていること、どこかで聞いたことについて、またわずかだけ知っていく。あるいは、もとのまま。それだけのことがつづくのに、こちらもまた大きな、新しい旅をしている気持ちになる。最後の一枚はトラックで来た作業服の男が、思い切り左足を蹴り上げるところ。「写真は、その二度目の蹴り上げの瞬間を撮ったものです」。名作『挟み撃ち』(昭和四八年)から歩き出した観察の道は、何もないのに深いところに行き着いた。

高橋たか子『きれいな人』は、平成一五年の長編。フランスでの修道生活を送った著者の後期の代表作。ブルターニュ南端の町へ行ったとき、九八歳の婦人と出会う。数日間、その果てしない昔語りを聞く。なるほど、なるほどと「私」は受けとめる。ヨーロッパの人たちの百年の時間。知らない世界が深く優しく心に刻まれていく。信仰から生まれた、身も心も清々しい作品。でも遠い地点の話ではなく、明るくて親しみのある世界なのだ。旅を終えた「私」が、人々と別れ、ひとりになって駅のホームを行き来するところは、とても美しい場面の一つである。動きのある、きれいな文章が、平成の半ばに生まれた。

吉本隆明『詩学叙説』は、『言語にとって美とはなにか』(昭和四〇年)から四一年後、平成一八年の詩論集。散文は「意味」、詩は「価値」の視点で、近代から現代への詩の歴史、表現の変化を読み解いていく。語句の振幅と奥行を測る視線は、これ以上望めないほどこまやかで鋭い。吉本隆明の状況論、思想論は、こうした、詩のことばを見つめる文章の経験を基盤にして生まれたのだと思う。散文だけに向き合う現在の批評家には書けない、ゆたかな一冊だ。

気忙しい日々。読むことはあとまわしになった。いい書物とはどのようなものか、そこから自分はどのくらい離れているのかも見えなくなる。情報化社会とはいうものの、ひとりひとりの内部の情報化は、たちおくれた。それが平成の時間だったのかもしれない。それでも人はどこかで、いい本を読むことを、そんな日があることを願っているのだ。

「星への旅」へ

『少女架刑　吉村昭自選初期短篇集Ⅰ』『透明標本　吉村昭自選初期短篇集Ⅱ』（中公文庫）は、吉村昭（一九二七―二〇〇六）の初期の主要作を網羅したものだ。二四歳から三九歳のときに書かれた、これらの作品は、著者の文学の序章であり、原点でもあるだけに、これまでも読者の興味を引いてきた。時系列で並ぶので、その変化も見渡すことができる。初出誌も記しておく。

『少女架刑』に収録の「死体」（一九五二・「赤絵」）は、学習院大学在学中に発表された。学齢時から重い肺患にかかり、死生の間をさまよったこともある著者は、死とのかかわりを「死体」という作品のなかに織りこむことになる。

酒をのんで、あやまって線路に転落して轢死した男。その転落は、たまたまホームにいた婦人が彼の体をかわそうとした動作によるもので、その女性は、「この男を一個の物質に変えるきっかけを作った」ことになる。話は終わらない。その身寄りのない男の死体を預かった隣家の女性と、その男との、かくされた関係をそのあと配置する。つまり話は横にひろがっていくのだ。彼女はそのあと、「物質になってしまった男の体は、もはや女にとって単なる荷厄介なものに過ぎなかった」と感じる。死体が人間的に扱われる側面と、そうではない逆の面が絵巻のようにつながる。単純ではない死生観から、吉村昭は出発した。

「鉄橋」（一九五八・「文学者」）は、ある著名なボクサーの謎の死をめぐって展開する。自殺か事故かはっきりと示されないまま前後の事情が語られていく。なかでも男が鉄橋を歩いていく最後の場面は緊迫感にみちたものだ。ぼくはささいなところにも目をとめた。保線夫たちは、死体収容の処置を終える。死体を引き取る人がやってきて、保線夫たちが引きあげる場面。

〈「行こうか」

年長の保線夫が言った。

かれらは焚火を散らし、黙々とつるはしで土をかぶせた。なにか三人とも、自分たちの果した役割がほとんど報いられないような空虚な不満を感じた。〉

この場面は、労働というほど大きなものではなく、作業という側面で見るほうがいいかもしれない。所定の作業を済ませ、他の人に仕事が引きつがれていくとき、人は誰でもこういう空気におそわれる。いったい自分は何だろう。何をしたのだろうと。こうした普通は本人も忘れてしまうような一瞬の心理を吉村昭はすくいとる。埋もれた情景の集積が、作品のリアリティを強めていくのだ。このあとに書かれる、吉村昭の歴史小説の手法に通じるものがある。

表題作「少女架刑」（一九五九・「文学者」）は、急性肺炎で亡くなった一六歳の少女の死を語る。それも少女自身の「死体」の側の視点で語るのだ。

少女の死体は病院で、金銭と引き換えに解剖される。男たちの好奇の視線にさらされながら、その臓器が次々に失われていく。「女としての臓器や、重要な内臓を取りのぞかれた私の体は、どんな意味をもっているのだろうか」「白布につつまれた私は、自分の体の使命がこれで完全に終ったにちがいないと思った」。少女のうつろなことばは、おそるべき新鮮さで鳴りひびく。初期作品の一つの頂点を示す作品である。

暗いもの、悲しいことを描くとき、吉村昭は、文章全体を明るいもの、輝くものにするという書き方をとる。「少女架刑」の冒頭の文。

「呼吸がとまった瞬間から、急にあたりに立ちこめていた濃密な霧が一時に晴れ渡ったような清々しい空気に私はつつまれていた。」

死んだ瞬間から、このような明るさが、少女の「死」をとりかこむことになるのだ。死から光が生まれるのだ。解剖をする病院が迎えにきた。黒塗りの大型車で、少女の死体が運ばれていくところ。

「家の戸口で見送っている面長な母の顔、臆病そうに半分だけガラス戸から顔をのぞかせている父。その二人の姿が雨の中を次第に後ずさりしはじめた。

さよなら、私は、小さくつぶやいた。」

この悲しむべき場面も、よくみると、同じことだと思う。「面長な母の顔」「臆病そうに半分だけ」というように、母と父の素描はていねいで、熱度がある。この文章で伝えなくてはならないことは、深い悲しみなのだが、ことばそのものは晴れやかな彩りをもつ。こうした逆転現象が吉村昭の作品では起こるのだ。その文章は、現実を明らかにするという意味で特別なものかもしれない。「さよなら、私は、小さくつぶやいた」ということばが、いっそういとおしいものに感じられてくる。

『透明標本』の「墓地の賑い」（一九六一・「文学者」）は、墓地に隣接した家に生まれ育った少年の秘密を描く。墓地の「広大な敷地が、豊かな能力をかぎりなく包蔵したものに映じていた」。姉は染色雛（カラーひよこ）の商いをしているが、役目を終えた雛の死骸を、少年は墓地に埋めに行くのだ。それが日課の一つなのだ。雛の商いについて批判的な新聞記事を突然目にした場面では、「家の中に啼声をあげている雛たちが活字の対象になっていることに、奇妙な感じをいだいた」という一節がある。個人と社会のつながりが新奇な角度からとらえられる。印象的だ。

表題作「透明標本」（一九六一・「文学者」）は、透明な骨標本に魅せられ、それを求めていく男の話。バスのなかで女性と隣り合っても、その美醜には興味がない。「ただ、衣服を通して感じとれる骨の形態だけが目的であったのだ」。吉村昭の作品は、登場人物のつねひごろの習慣を記すところから始まるものが多い。死体が出てきても、読む人は、登場人物の習慣を通して物語と結びつき、自然に話のなかに入ることができる。習慣は生命の象徴であり、遠いところに置かれた死を吸収していく。吉村昭の小説は、死の実像を通して、生命の世界をひきよせる役割を果たすのだ。

「キトク」(一九六六・「風景」)は、隠居生活に飽きて、そのさみしさから、母に、「チチキトク」の電報を打たせる父の姿。それがいわば「習慣」のようになっていても、「一人きりで立っていると、現実に父の危篤で駈けつけてきているような気分になった」。小品ながら、生命をめぐるドラマが親しみをもって迫る。

「星への旅」(一九六六・「展望」)は、いまも多くの人を魅了する初期の代表作。青年男女の集団自殺。そこに至る一部始終を淡々と描くものだが、決行前の逡巡も記すなど、こまかいところまで彼らの気持ちに寄り添って書かれている。一編のすぐれた長編詩のように、美しい文章の流れが、作品全体をみたしていく。五人の男女はロープでつながりながら、崖から落ちていく。主人公にも訪れる死。

「かれは、闇の上方に眼を向けた。淡い星が所々にかすかに浮び上り、それが徐々に光を増して、やがて、闇は冷たい光を放つ星の群れに満ちた。
これが、死というものなのか。かれは、かすかな安らぎをおぼえながら、白っぽい星の光をまばたきもせず見上げつづけていた。」

このラストだけではない。途中目にした、まずしい海辺の人たちの通常の死と、「すべてが過剰なほど満たされている結果から生れ出た」自分たちの死を並べて想像するところも心に残る。「星への旅」は、現代の新しい読者にも強くひびくことだろう。

この「星への旅」をぼくは高校二年のときに読んだ。一つ年下の生徒が、この作品を教えてくれたのだ。「すごく、いいから」と。単行本が出た直後だ。「星への旅」を読むことで、これまで見たことのない文学の世界を知った。年下の友人も、その年頃にふさわしく、心のどこかで死への憧れのようなものをもっていたのかもしれない。それはいまにして思うことで、当時はその感動をことばにできなかった。

どうして吉村昭が、死を扱うようになったか。死を正面にすえることになったのか。それはむろん死を身近に感じた経験によるものだが、そこにはまだ明快に答えることができない要素の一つ二つがあるように思う。むしろそれは、文学それ自体の動きによるものかもしれない。

吉村昭の初期作品が書かれたころは、「第三の新人」の作家たちが、有力な新人賞をもらうことで安定的な評価を得ていた。そのために文学は一つの節目というか、休止期間に入っていた。

その空白を埋めるかのように文壇特有の志向性のないリアリズム小説がつづいていたように思われる。それはほんの数年の短い期間だが、文学にとっては、未来がかかる重要な時期だった。吉村昭は「赤絵」「環礁」「炎舞」、さらに丹羽文雄の「文学者」、小田仁二郎の「Z」、そして「亜」などの同人誌で作品の発表をつづけて研鑽を積んだが、それはどちらかというと旧態の文学になじむ体験だったように思う。その履歴のなかに、「少女架刑」や「星への旅」のような清新な作品が生まれる空気はない。見あたらない。

旧態の文学の外部ではない。その内部から、吉村昭の文学が生れ出たことは、特筆すべき事項であると思う。周囲の文学につながりながらも自分の世界がどういうものであるかを胸に手をあてて確かめている。吉村昭にとってはそういう時間だったのかもしれない。めざした作品は明快だった。吉村昭は、死を見つめる定位置から、文学の元標を指し示した。曖昧な空気に包まれた文学の骨格を、鮮明な主題と表現によって、ひきしめた。透明度の高いものにしたのだ。

吉村昭の初期作品は、ちょうどぼくが読書の世界をまだほんの少しも知らないときに書かれている。自分の知らない時期に、実は日本の現代文学は転換期を迎えていたことになる。知らない時代に、とてもいいもの、魅力的なものがあった。手に届かないところに変化があり、動きがあった。新旧の地層も見えていた。それを知ることは自分がどこにいたのかを知ることにもつながるのだ。吉村昭の作品を読むことで、いくつもの大切なものが明らかになる。

文芸評論を生きる

文芸評論のよさ、すばらしさは、すぐれた小説や詩歌でも味わえないものだ。『散文精神について』（本の泉社）は、大正・昭和の激動期を生きた広津和郎（一八九一―一九六八）の代表的論考の新版。作家論、散文芸術論から社会・政治論に及ぶ。大正から昭和戦前期の発表。個人と社会全体に向き合う文章の活動が見られる。

凝縮を旨とする文芸評論では、作品が数珠つなぎに登場。冒頭の「徳田秋声論」（一九四四）なら、〈「新世帯《あらじょたい》」に彼の自然主義的リアリズムを確保した秋声は、明治四十三年に「足迹」を、四十四年に「黴《かび》」を、大正二年に「爛《ただれ》」を、そして大正四年に「あらくれ」と「奔流」とを〉というように、作品の題が次々に出る。あらすじは除外。作品を知らない人には、つらいひとときである。でも前後の文章のささいな気配から、論旨を読みとり、来歴と作風の輪郭を知る。それが文芸評論の醍醐味だ。

庶民生活をありのままに映し出してきた秋声が「花が咲く」あたりから、仄明るい作品を書き、実に魅力的な世界をつくりあげた。広津和郎は「主観の窓ひらくと云った感じであった」と記す。このよく知られた評言も「新世帯」からつづける平淡な叙述あってこそのもので、まさにその果てに見えてくる、仄明るいもの。それが文芸評論の風景なのである。

著者の散文論の起点となったのは、「散文芸術の位置」（一九二四）である。

有島武郎は、芸術家を二つに分けた。第一段の芸術家は自己の芸術に没頭し、余念のない人で、もっとも純粋。第二段の芸術家は自己の生活とその周囲とに常に関心なくして生きられない人。第一段をめざしながら第二段にとどまる自分を卑下した。広津和郎は、これに異を唱えた。第二段からこそ「力強い散文芸術が生れた」とし、「沢山の芸術の種類の中で、散文芸術は、直《す》ぐ人生の隣りにいるものである」と記す。「どんな事があってもめげずに、忍耐強く、執念深く、みだりに悲観もせず、楽観もせず、生き通して行く精神――それが散文精神だと思います」（「散文精神について（講演メモ）」一九三六）と、散文の位置を明示した。これは第二次大戦前夜、国家と社会が造りあげる幻想への批判となった。

「犀星の暫定的リアリズム」（一九三五）は時代とのかかわりで記す、小説家室生犀星論。「あにいもうと」を皮切りに活発化した犀星の作品を評価しながらも、自由を封じられ、ものを見る眼を奪われた時代のなかでの、犀星の「目標なき切り込み」の意味をきびしく吟味。時めくことのない、すぐれた作家、加能作次郎を語る「美しき作家」（一九四一）の余韻も深い。簡潔にして要所をとらえる文章がつづく。

忖度《そんたく》という語も早々と登場。「歴史を逆転させるもの」（一九三七）では高校入学試験の質問事項などにふれ、生徒たちが自分の答ではなく、期待される答を書くことを問題視。「上の方の意思を忖度して」膨張する国家と社会の怖さを指摘した、とても重みのある文章だ。

現代にはこのような文芸評論は存在しない。文芸誌の評論や文芸時評では、社会科学もしくは時流に合う学術的視点など外部の力を借りるものがふえた。見映えはいいが、遊戯に近いものになりはてた。文芸評論は、限界点を自覚しながらも、文学にかかわる知識や経験をもとに、その人自身の眼を見開いて、ものを見つめようとするものだ。文章の最後の最後まで、「忍耐強く」考え、思いをこらし、ことばを尽くす。それが文芸評論なのだと思う。『散文精神について』は文芸評論の意義を伝える、歴史的な書物である。

モーパッサンの中編

目をいっぱいに開いて読む。また読み返す。「脂肪の塊」はそんな作品だと思う。

一九世紀フランスの文豪ギィ・ド・モーパッサン（一八五〇—一八九三）は、名作『女の一生』などの長編の他に、三〇〇を超える中・短編を書いた。それらは『モーパッサン全集』全三巻（新庄嘉章ほか訳・春陽堂書店・一九六五—一九六六）など各社の全集にも収められた。

本書『脂肪の塊／ロンドリ姉妹——モーパッサン傑作選』（太田浩一訳・光文社古典新訳文庫・二〇一六）は、「脂肪の塊（ブール・ド・スュイフ）」「ロンドリ姉妹」など一〇編を収める。モーパッサンの文学に新たな光をあてる選集の第一弾だ。

中編「脂肪の塊」（一八八〇）の文庫には『脂肪の塊』（水野亮訳・岩波文庫）、『脂肪のかたまり』（高山鉄男訳・同）、『脂肪の塊・テリエ館』（青柳瑞穂訳・新潮文庫）があるが、何度読んでも濃厚な印象を放つ。

普仏戦争下、プロイセン軍がフランスの町を次々制圧。早朝、一台の乗合馬車が出発する。安全な場所に移動する人たちだ。上流階級三組の夫婦、革命家、修道女二人、そして一人の若い娼婦が乗り合わせた。男女一〇人の六日間を描く。「明け方のわびしげな明かりのなかで、車中の人々はたがいの顔をもの珍しげに眺めていた」。

寒くて、空腹。たった一人食べ物をもってきた娼婦（魅力的だが太っちょなので「脂肪の塊」と呼ばれる）は、みなに食べ物を分ける。見下していた貴婦人たちもそれを食べ、救われる。途中の宿所で、敵軍の士官に同衾を迫られた彼女は、拒否するが、そのため一同は窮地に追い込まれる。みんなあの手この手で娼婦を説得。修道女たちも「たとえ、よからぬ行為であったにせよ、その動機いかんによっては、しばしば称讃されることもございますから」などともっともらしいことをいい、孤立する娼婦をさらに苦しめる。彼女の気持ちは変わるのか。

「朝食はもの静かだった。まえの晩に蒔《ま》いた種が芽を出し、実を結ぶのを、みんなはじっと待っていたのだ」。

結局、彼女は、士官にからだを許すことに。みなは自分の身が救われてしまうと、手のひらを返したように冷たい。「だれも女のほうを見ようとしないし、女のことを考えてもいなかった」。人間の卑劣さ、醜悪さ。心優しい一人の女性への重圧。作品にこめられた人間的な主張は明快に伝わる。とてもはっきりした小説だ。

分けられた食べ物を口に入れていく人の順番。チーズを新聞紙に包んでいたので、ねっとりした表面に「雑報」という文字が写っていたなど、ささいなところも見のがせない。師のフローベールは「ひとりとして書き損じている人物はいない」、この作品は「後世に残るだろう」と述べた。その通りになった。

中編は二、三時間で読むことができる。読者の負担は少ない。比較的ていねいに読むので、さほど見落としもなく文章の細部の動きを感じとれる。文学のもっともよい部分が息づく形式なのだと思う。「長い」ものにまかれる現代とはちがって、当時は、よいものを知る文学の読者が多数いたのだろう。

人間の現実を簡潔に物語り、読む人の心をしっかりと引きよせる。「脂肪の塊」は長編にも短編にもない、特別な力をもつ中編小説の道を切り開いた。

この「脂肪の塊」のような完成度と密度をもつ中編小説はそのあと、チェーホフ「谷間」、トーマス・マン「トニオ・クレエゲル」、ヘンリー・ジェイムズ「ジャングルのけもの」、スタインベック「ハツカネズミと人間」などが現れて輝きを放ったが、いまはとても少ない。中編を大切に考えること。それは小説を見るうえで忘れてはならない原則である。

太陽の視角

ガッサーン・カナファーニー（一九三六―一九七二）の『ハイファに戻って／太陽の男たち』（河出文庫・黒田寿郎・奴田原睦明訳）は、心を強く揺さぶる作品集だ。中東の現実を知るために、人間について考えを深めるためにも、この本を開きたい。

カナファーニーは、イギリス委任統治下パレスチナの生まれ。一九四八年、一二歳のときデイルヤーシン村虐殺事件が起き、シリアへ逃れる（パレスチナ難民のはじまりとされる）。その後、政治活動に入る。パレスチナ問題の核心にふれる作品と発言は大きな反響を呼んだが、車に仕掛けられた爆弾で、暗殺された。三六歳だった。

『現代アラブ小説全集7太陽の男たち／ハイファに戻って』（河出書房新社・一九七八）が出たとき、ぼくは作品を知った。そのあと『太陽の男たち／ハイファに戻って』（新装版・一九八八）、表題をいれかえて『ハイファに戻って　太陽の男たち』（新装新版・二〇〇九）とつづき、今回、初の文庫に。七つの中・短編はいずれもパレスチナ人の姿を描く。

中編「太陽の男たち」(一九六三)では、パレスチナ難民の男三人がイラクからクウェイトへ密入国を図る。請負人の男の運転する給水車で出発。最初の検問所の手前で三人は、からのタンクに身を隠す。そのなかは焼けるように熱い。数分の地獄に耐えて突破。「四人の憔悴した一行を乗せた車は、まるで熱い錫の薄板の上に垂らされたねっとりとした油の一滴のように、砂漠の中を進んでいった」。

次の検問所では、係官が運転手に女の話をしてからかい、なかなか書類に署名しない。余分に時間をとられた運転手は全速力で車を走らせるが、三人はタンクのなかで死んでいた。「なぜおまえたちはタンクの壁を叩かなかったんだ」と、運転手が叫ぶところで終わる。「太陽にうちのめされた」悲劇である。

かつて見たシリア映画「太陽の男たち」(一九七一、日本公開・一九八五)では、三人は必死に壁を叩いたが、検問所の冷房機の音でかき消された。どちらにしても痛ましい。カナファーニーの現実の見方、とらえ方に魅せられる。砂漠を走行中、それぞれ事情をかかえた四人の心の画像の再生。二度にわたってタンクに入るときの三人の順番など。周到な視角だ。

未完を除くと最後の作品となった中編「ハイファに戻って」(一九六九)も傑作。一九四八年、イスラエル軍によるハイファ(地中海沿岸の都市)総攻撃。若いサイード夫妻は、混乱のなか、生後五か月の乳飲み児と離れてしまう。二〇年後、かつての住居を訪ねると、ポーランドから移住したユダヤ人夫婦に育てられた、軍服の青年が現れる。名前を変えていたが、青年は夫婦の子どもだった。

アラブと、イスラエル。いまや敵同士となった、夫婦と、その息子の再会。「人間は究極的にはそれ自体が問題を体現している存在だ」。激しい応酬がつづく。複雑にからみあう状況を体験した人たちが知力を尽くして対峙するのだ。登場人物だけではない。読む人も自分の心のなかを見つめつづけることになる。文学作品の一場面がこのような引力をもつのはきわめて特別なことだ。祖国とは何か。サイードはいう。「祖国というのはね、このようなすべてのことが起ってはいけないところのことなのだよ」と。

ガッサーン・カナファーニーは、心のとても深いところへ光を入れた。同時代の、そしてこれからの人たちのための作品を書いた。他に「悲しいオレンジの実る土地」「路傍の菓子パン」「彼岸へ」など五つの短編を収める。

明快な楽しみ

イタリアの文豪イータロ・カルヴィーノ（一九二三―一九八五）の小説は『くもの巣の小道』『むずかしい愛』『不在の騎士』『見えない都市』などが各社の文庫・新書で出ているが、『まっぷたつの子爵』（一九五二）の文庫は、今回の岩波文庫が初めて。河島英昭訳。明快で、強烈。楽しみの多い作品である。

時は、一八世紀初め。トルコとの戦争で、砲弾を浴び、体をまっぷたつにされてしまったメダルド子爵の物語である。

「残る半身は何もなかった」。

片側だけとなった子爵は、城のある在所に帰還するのだが、彼が歩いたあとを見ると、梨の実は半分しかない。石の上の蛙も半分、きのこも半分しかなかった。子爵が切り落としたのだ。

「こういうぐあいに、ばらまかれた足跡」。それが子爵が通ったしるしなのだ。そんな叔父・メダルド子爵の姿を少年の「ぼく」が語る。

そのうちに子爵は、あちこちで非道なことをする。放火したり、やたらと人を処刑。「残忍さに片寄ってしまった」のだ。

ある日、死んだと思われた、もう片方の子爵が生還。半分になったあと隠者たちの介抱をうけて奇跡的に生き返り、ようやく城にたどりついたのだ。彼はとてもいい人。弱い人たちに心を寄せ、暮らしを助ける。まっぷたつにされているものの「良い点」があると彼はいう。「この世のすべての人が、そしてすべての生き物が、それぞれに不完全であることのつらさに気づいてさえくれれば。かつて、完全な姿をしていたときには」わからなかった。「この世のすべての半端な存在と、すべての欠如した存在とに対する連帯感」をもちたいと。まだ先がある。ここからがカルヴィーノだ。

この善い子爵は、熱心なあまり、次第に厄介な人になる。重い病の患者たちも「きのこ平《だいら》」でそれなりに楽しく明るいひとときを過ごしているのに、「神経質で、礼儀に厳しい、賢者気どりの」子爵のおかげで、「誰も自分の好きなことができなくなってしまった」のだ。「ふたつの半分のうち、悪いほうより善いほうがはるかに始末が悪い」といわれるまでに。「非人間的な悪徳と、同じくらいに非人間的な美徳」。近年どこかの国では各方面で、ある催しのため、安全のため、健康のためになどと、誰もさからいにくい題目をふりかざして過剰な規制を図る動きがある。運動会の音楽や花火がうるさい、やめろという人たちも登場した。ある程度不都合なことがあっても人間の自然な状態をうけいれていくという、人間らしい姿勢をとれなくなったのだ。「非人間的な美徳」の出動である。心をしずめ、必要な思いをめぐらせるならば、新たな輪郭が見えることを伝える。そこにこの奇想小説の重心があるように思う。

さてさて、二人の子爵が現れて大混乱。二人はついに決闘することに。だが「剣尖《けんせん》は相手の体に触れなかった」のだ。「それぞれに相手の何もない側」を「激しく突きたてるのだった」。お互い手傷を負わない、この激しい戦いは強く胸にひびく。「きのこ平」の人びと、イギリス人の医師、ユグノー教徒など、広汎な人間の姿を点じながら、精妙に小説はつくられていく。すみずみまで傑作である。

羊飼いの娘パメーラのことばも心に残る。悪い子爵が来たと思ったら、今度は、よいほうがやって来る。彼女は、山羊さん、あひるさんに、たずねる。「どうしてあたしのところに来るのは、ああいう人たちばかりなのかしら?」と。こまったようすだけれど、どこか楽しそうな感じもある。この世界の、よいところだ。

III

西鶴の奇談

『ぬけ穴の首――西鶴の諸国ばなし』（岩波少年文庫）が刊行された。

著者は近世の文学・文化論に新境地を開いた廣末保（一九一九―一九九三）。日本各地の奇談、俚談をもとにした井原西鶴（一六四二―一六九三）の短編集『西鶴諸国咄《ばなし》』（一六八五）などに収められた七作を改題し、子ども向けに書きあらためたものだ。

冒頭の「牛と刀」（信濃）。たとえ牛を売ることになっても、この刀は「けっして手放してはならないぞ」と父は言い残す。どこにもある刀なのに。大切なものは何かをひとりで考えることに。「帰って来た男のはなし」（日向）は、行方不明の人と入れ替わる男の遍歴。どの人がどの人かわからなくなるところがリアルだ。「お猿の自害」（筑前）は、若い夫婦の暮らしを支えてきた猿が、あやまって赤子を死なせてしまい、みずから死を選ぶ。それを知った旅人は日記に、「猿、誤って赤子を殺す事」と記すが、それから少し考えて、「猿、自害の事」と書き直す。事実をどうとらえるか。ことばを変えるようすに西鶴の心がにじむ。

表題作「ぬけ穴の首」（但馬）。判右衛門は、殺された兄の仇討に、息子判八《はんぱち》とでかける。逃げるとき塀のぬけ穴から、腰のあたりまでは出たが、それ以上、無理。このままでは自分が誰かわかるので、この首を切れと父。判八は、首を切り落とす。「判八は、だんだん絶望的な気持ちになった。それから急に、滑稽に思えてきた」「晴れがましい仇討ちの主役になるはずの自分が、いまこうして、親の首をかかえて逃げ隠れしている」。その劇的なありさまを描く。西鶴は、切れ目なく鋭い想像力をはたらかせて人間の世界に立ち向かっていく。

「わるだくみ」（敦賀）は、賑わう越前・敦賀の港が舞台。「えびすの朝茶」から始める商人の話だ。原題は「茶の十徳も一度に皆」（『日本永代蔵』）。一節の原文は「巾着切も集れば、今時の人かしこく、印籠《いんろう》ははじめからさげず」「銭を壱文只《いちもんただ》はとられず、盗人《ぬすびと》仲間もむつかしの世や」。本書では「人びとは、すっかり用心ぶかくなって、印籠ははじめからさげて出ない」「さすがのすりたちもお手あげで、こんな祭りの雑踏のなかでも、銭を一文、ただとることはできない」。

原作にはない人物も、なぜか楽しげに、多数登場。背景も加えるので、おのずと文章はふえる。著者の「あとがき」によると、各編は、井原西鶴の原文の「三倍から八、九倍の長さ」になったとある。ためしに計算してみたら「わるだくみ」の原文は、四〇〇字詰原稿用紙で四枚半ほど。本書では四〇枚を超える。約九倍だ。

普通はどうなのか。ぼくが子どものときに読んだ本（作家による翻案、再話）のようすを見ると、『シェークスピア名作集』（偕成社・一九六〇）の小出正吾は、「舞台の順序を忠実に」追い、「会話のおもしろさを十分にいかし、また一般的に知られる名ぜりふなどもできるだけ紹介するように努めました」。分量的には縮小。『里見八犬伝』（ポプラ社・一九六六）の高木卓は、この長編のなかば以後は「だらだらとして冗漫なので」、前半の「魅力的でおもしろい部分をあつめ」、人物や事件は「大整理した」。これが通常の児童読物を書くときの方針。たいてい話は短くなる。廣末保の本は逆である。これまでに例のない手法だ。でもそのために、ゆたかな本になった。

知識と文の才覚があるだけではない。作品のいのちを伝えたいという強い情熱と深い愛情があるからこそ、このような躍動感にあふれた著作が生まれるのだろう。子どものための本をつくるとき、おとなはとても真剣だ。少しの努力も惜しまない。それはこうした読物が、文章や文章がつくる世界への大切な入口になるからだ。

この『ぬけ穴の首』で、ぼくは井原西鶴の文学の大きさと楽しさを知ったように思う。この本と出会う子どもたちのように、しあわせな気持ちだ。

与謝野晶子の少女時代

『私の生い立ち』（岩波文庫・二〇一八）が出た。大阪・堺に生まれた与謝野晶子（一八七八―一九四二）が、幼少期を回想する貴重な著作。三七、八歳のとき、少女雑誌「新少女」（一九一五年と翌年）に連載した「私の生い立ち」「私の見た少女」の二章で構成。子どもにも伝わるように、やさしいことばでつづる。

世紀の歌集『みだれ髪』、非戦詩「君死にたまふこと勿れ」の人は、どんな少女期を過ごしたのか。

八歳のころ、先生がいう。ひよこが三羽。二羽は餌を食べているが一羽は見てるだけ。その一羽は何を思っているでしょう、と。みんなの答は「私も欲しいと思います」。先生も、同意見。「私」は「そんな簡単なものでない」、「一羽のひよこの真実《ほんとう》の心持《こころもち》が解りたいとばかり幾年《いくとせ》か思い続けました」。

九歳のころ、子どもたちの間で「継子話《ままこばなし》」が流行。つらい目にあう継子の話を聞かされるのに飽き飽きした「私」はついに話を始める。「隠していましたけれど」、私は京都に家があるんです、「初めから継子ですよ」というと、「可哀相《かあいそう》なこと」と、一同、おどろきの目を見張る。悲しい話はエスカレート、子どもたちは泣き出す。そのうちに「嘘を云った私までが熱い涙の流《なが》れるのを覚えました」。自分の作り話に、「私」も泣いてしまうのだ。面白い。

父（菓子商を営む）は、スイカに絵を彫る「西瓜燈籠《すいかどうろう》」を作ってくれる。しなびないよう水桶《おけ》のなかに。でもいつか色も形も変わりはてる。「私は生れて初めて老と云うことと死と云うことをその夜《よ》の涼台《すずみだい》で考えました」。

この「私の生い立ち」は、最後に、堺という町を、簡潔に紹介。「木綿《もめん》を晒《さら》す石津川《いしづがわ》の清い流もあります。私はこんな所にいて大都会を思い、山の渓間《たにま》のような所を思い、静かな湖と云うようなものに憧憬《どうけい》して大きくなって行《ゆ》きました」と結ぶ。「静かな湖と云うような」という表現は、平凡なのに特別なものに見えてくる。

次の「私の見た少女」は、九人の少女の思い出。優しくて美しい、おみきさん来宅。友だちを家に迎えたことのない「私」は何をしていいかわからない。「今に楽《たの》しみと云うものが二人の傍《そば》へ自然に現れて出て来るはずだと云う風に待たれるのでした」。ようすが鮮やかに浮かぶ。

新入生・渡辺さん（仮名《かりな》）が、ある日、声をかける。「あなた温泉と云うものを見たことがあって」のあとは、東京の知識検定に。「上野って野原じゃありませんよ」、二重橋って「橋が二十あるのだと思いませんでしたか」などと、たたみかける。こちらが冷静に答を返すと、「そうですとも、一寸《ちょいと》、さよならお先へ」と。「妙な人だと私は思いました」。こういう妙な人、たしかにいますね。

おとなになってからのこと。「私」は知人の娘である、少女あや子さんと会っても、話す機会はあまりない。「けれどもう私達《わたしら》は知り合っているからいいのだと私の思うようなことをあやさんも思っているらしいのが嬉しくてなりませんでした」。さりげないが行きとどいた文章だ。大逆事件で刑死した大石誠之助の令嬢おふかさんの姿も心に残る。いつまでも残る。

どの文章も、かろやかで美しい。湖に浮かぶ木片のように。与謝野晶子の感覚はさほど特異なものではない。だが恐れるに足りない、というわけではない。きちんと育ち、人としての思いをもった人ならこうする、こう思うという標準の線に沿ったもので、過剰さは見あたらない。大きな仕事を成しとげる人は、小さいときから必要なことの必要な量だけを身につけていく。それができる人はいつの時代も少ないのだ。世にまれな一冊である。挿画、竹久夢二。

第一印象の文学

中村武羅夫《むらお》『現代文士廿八人』（講談社文芸文庫・二〇一八）は、明治の文学者の素顔を伝える貴重な著作だ。著者は二〇、二一歳のころに書いた。

作家中村武羅夫（一八八六—一九四九）は、北海道・空知の開拓農民の家に生まれた。代用教員のあと上京し、文芸誌「新潮」をてつだう。一九〇八年（明治四一年）から訪問記者として「廿八人《にじゅうはちにん》」の文士を訪ね、その〈初対面〉の率直な印象を「新潮」に連載（筆名・王春嶺）。最年長は内藤鳴雪（六一歳）、最年少は片上天弦（二四歳）。以下同様に、掲載時の文士の年齢、作品の状況などを記しておく。

夏目漱石（四一歳／『それから』の一年前）。漱石を訪ねたのは、夕方六時ごろ。「初秋の日はすでに暗かった」。漱石はどんな人か。「実に気取った、剛岸《ごうがん》な、己れを高しとした、見るから小《こ》癪《しゃく》に触る人」と思っていたが、会ってみると「至って話が聞きやすい」「目は絶えず相手を見て、始終にこにこしながら」「お世辞も言わず、愛嬌もなくして、それで接した感じが好《よ》いのだから妙だ」「腹のむしゃくしゃしたり、気の苛《いら》つくときには、こういう人のところへ来ればよいと思った」。漱石は青年の「こころ」をとらえた。

国木田独歩（三六歳／掲載四か月後亡くなる）。「一目見て自分は独歩氏の人物とその作品が一致しているのに驚いた」「一分の隙もない締りのある態度で」、洋服も「身体にキッシリ合って、身内にはその溢れるような生気が、破れるまでに緊張している」と観察。「その性質は極端から極端に走って、とても中庸などの保てる人ではないらしい」とも。

与謝野晶子（二九歳／『みだれ髪』から七年）。会ったのは一〇分間。「きわめて無雑作な風采で、髪なども、後ろの方に束ねて、そそけていた」「言葉はねちねちした切れの悪い調子」「天才的のところが少しも見えない」「世帯やつれた姿《なり》も振りもかまわない世話女房である」と。「平凡の婦人の務むべき主婦の務めに服しておられるのを見て」「人間の約束を悲しみ、天才そのもののためにその悲惨を嘆じた」。当時はこういう見方もあったのだ。

正宗白鳥（二九歳／『何処《どこ》へ』の翌年、『入江のほとり』の六年前）。「対談していても、少しの変化もない」「白鳥氏は冷笑以外に、情の働きのない人だ」「どうしてこの人に優しいところ、温かいところがあろう」「こういう人は、生きたいこともなければ、また、死にたいこともないであろう」。もし「入江のほとり」を読んでいたら、感想はちがったことだろう。

島崎藤村（三七歳／名作『破戒』から三年）。浅草新片町の島崎藤村を訪ねた。「室はきわめて質素な八畳である。文壇の大家の書斎としては、まことにお粗末な室」。人柄はどうか。「まだ見ぬ以前嫌いであった」「ところが、最初会って後は、なおさらに嫌いになった」「わざとらしい謙遜で厭みだ。いま少しさっぱりとした態度になれぬものか」。三度目か四度目に会ったとき、「この日からまったく藤村氏を好きになってしまった」。好きになったきっかけは何か。文章からはよく見えないけれど、それも心にのこる。

併録「如何にして文壇の人となりし乎《か》」は、一四人の文士の談話を著者がまとめたもの。当時の文士の多くは、自分はまだ文壇に出ているとはいえないということわりを入れながら、静かに来し方を話す。

目の見えない父親を思いながら「新しき光のあるところへ行きたい」と語る秋田雨雀（二六歳・デビュー直後）、「文学者となって一生を送るのが、なんとなく物足りない」という近松秋江（三二歳・名作『黒髪』まであと一四年）をはじめ、印象的な談話が多い。一家を成した人も新進の人も、自分に正直に生きている。明治文学の姿を映し出す一冊。

ことばは話す

「アッパレお国ことば」欄で、福井のことばについて書くように求められた。

福井地方のことばで、まず思い浮かぶのが「ほうや」である。「そうだ」の意味だ。福井は京都と隣り合っているので、関西のことばに近い。「ほうや」は関西にもあるかもしれないが、イントネーションがちがう。

「ほ」「う」「や」と三つに分けると、「ほ」と「う」までは普通だが、「や」のところが波打つ。これで独特の調子が出る。「ほやさけえ」は「そうだから」、「ほんならあ」は「そうならば」の意味になるが、音がふえると、その分、波がふえる。上がるような、下がるような。だらんとした感じになるが、全体としては、高い音域にとどまる。そんな印象がある。

隣りの石川県でも「ほうや」はあるようだが、これとも少しちがうようだ。いまぼくはこのことばを実際に声に出してみたのだが、東京にいると、なかなか再現できない。こうした波をもつことばは「ゆすり音調」と呼ばれるらしい。波長がこみいる。複雑である。

坂井市丸岡町は、中野重治が生まれた町だ。中野重治は、「梨の花」(連載・一九五七―一九五八)を、福井のことばで書いた。一九五七年一〇月、同じく福井生まれの作家、加藤てい子が『廓の子』(第二書房)を刊行した。ここにも福井弁が出る。ほぼ「梨の花」と同時だ。ここでは「梨の花」の福井弁を見てみよう。子供時代の情景だ。

〈「何で汽車がおとろしいんじゃいの。」と良平は、おばばに訊いた。

「おとろしいじゃろがいの。あんな、いかい、黒いもんが……」〉

「おとろしい」は、怖ろしいの意味。福井以外でも、もしかしたら使われるかもしれない。「いかい」は、大きい、でかい。問題は、「あんな」と「いかい」と「黒いもんが」の三か所だ。これらはすべて、うしろのほうで「ゆすり音調」になる。「あんなあああ、いかいいいい、黒いもんがあああ」。同じ音のところが独自に波打つのである。実感性の強いことばである。これは他の地域の人には、まねができない。

森山啓は、一九〇四年、新潟・村上の生まれ。新潟、富山、福井、石川の順で、日本海にのぞむ四県で暮らした。戦後は石川県小松市、松任市(現・白山市)で作家生活をつづけた。「遠方の人」「海の扇」などで知られる。小説と詩、紀行を集めた『日本海邉』(砂子屋書房・一九三九)の「旅日記・魚売」は、福井の旅をつづる随筆。

三国町（現・坂井市三国町）に向かう列車のなかで、魚売りの女性たちが話す。なかの一人は、どうも、おなかが痛いらしい。以下傍点を省き、新字新仮名で。

〈「おもっしイ（面白い）腹や。虫でもいるんかいの」
「ほうや、虫でもいるんにゃろ。坐《ねま》っても居ても、おられんほど病《や》めるの。どうもなりまへんわいね」〉

森山啓は、会話が面白いので、「少しばかり筆記した」と、この引用の前に書いている。青年時代を福井で過ごした人にも、ことばのようすは、なつかしい以上に面白いものだったのだ。

ここで「ほうや」が出る。「そうだねえ」ということだが、「や」は余韻があるので、自分のことを案じるようすにぴったりだ。「虫でもいるのでは」と言ってくれたので、「ほんとうにそうかも」と、ゆっくりと、相手のことばのなかに入る。そんなおもむきもある。

この「ほうや」のように、福井のことばはいくらか複雑な音色をもつが、文字にすると、福井以外の人にも通じる。理解を得やすい。さほど特別ではないからだ。自分らしくありたい。でもあまり特殊な人にはなりたくない。それが福井の人の生き方なのかもしれない。

☆

夜のことを、福井では「よさり」という。他の地方ではあまり聞かないので、「よさり」は、てっきり方言だと思っていたが、古語辞典に「よさり」が出てきて、おどろいた。古くは夜のことを「よさり」と言ったらしい。「さり」は来るの意味の「去る」の連用形。夜が来る意味だ。調べてみると岐阜県北部、奈良県、富山県、滋賀県などの一部でも「よさり」が使われるらしい。いにしえの都から離れた地域にもあるのだ。地域だからこそ、古いものが残ったという面もあるだろう。

福井弁の特徴は、尊敬語にあると思う。ちょっとしたことばも、相手を高めるひびきをもつ。「よさり」が古いことばであるように、人を敬う気持ちも、昔の日本のよさを引き継いだものかもしれない。

中野重治「梨の花」の冒頭に、「もう学校へ行きなるんか。えらいのオ……」とある。おとなが子どもに声をかける場面だ。これは「学校へ行くのか。えらいね」の意味。目上の人にいう場合は、工場に行く場合だと、「もう工場に行きなさるんか」となる。「なるんか」と「なさるんか」。「さ」がないときの「なるんか」にも、柔らかいひびきがあり、「なさるんか」と区別がつかない。関西などでも似た例があると思うが、福井では「なるんか」が一段とやさしい印象をもつのだ。歩いていると、「駅からきなさったんか」などといわれる。駅から歩いているだけなのに誇らしい気持ちになる。ことばが話をしている。そんな感じだ。

佐多稲子の小説「沖の火」(一九四九)は、当時三国町に住んでいた詩人、中野鈴子(中野重治の妹）を訪ねる話。三国の駅から、向かうのだ。以下、在所の人の会話の一部を抜き出してみる。印牧邦雄編『三国近代文学館』（三国町役場・一九七二）から引用、新仮名に変える。

〈「暑かったでしょう。はよはよ、家へ行って着物脱ぎなさらんと。」

「草とりいいますのは、あなたは知りなさらんでしょう。田圃の中を這って歩きながら、ほんとに這って歩くんですの。」

「指の先が丸うなってもてェ、爪などありませんでしょう。辛いとも辛いとも……」〉

「あなたは知りなさらんでしょう」には、「あなたは知らないだろうが、実は」という冷たい調子はない。表面には現れない、あたたかみがある。

とにかく福井は、他の地域よりも少していねいであるように思う。当地に暮らしている人は、意識していないはず。「ほうですか。そんなふうにい、見えるんでしょうか」と、福井の人はいうかもしれない。そして、この「見えるんでしょうか」の「でしょうか」にも、「ですか」とはちがう厚みが感じられる。ぼくはこういうことばに包まれて生まれ育ったのだ。郷里のことを、あらためて見つめたい気持ちになる。

「沖の火」の福井弁は、ある意味では「梨の花」よりも正確に書きとめられているように思う。佐多稲子は、長崎の生まれ。それだけに他の地方のことばをしっかり聞き取ろうとしたのかもしれない。

この機会にと思い、越前諸道とかかわりの深い親鸞、蓮如、芭蕉などを描いた、近代・現代の歴史小説をいくつか読んでみたが、そこに地域のことばは映し出されていなかった。共通語で占められているので、その土地のことばを知ることはできない。当時の人びとの素顔に近づくことはできないのだ。書き方が自由になった現代の文学作品は、地域のことばを残す器にもなってほしい。佐多稲子の「沖の火」は一つの道標となるだろう。

底にある本

いつもそばにあるのは国語辞典である。文章を書くときに、しょっちゅう引くからだ。これなしでは、とても書けない。

ことばや、ことばの使い方に、ぼくの場合は、まちがいが多い。あやしいと感じたときは、文字やことばを、辞典でたしかめなくてはならない。正しいと思っていたことが、くつがえる。それでわずかでも、ものを知ることになる。自分の力だけでは、文章は一歩も進まないのだ。

国語辞典は『広辞苑』の他に、久松潜一監修『新装改訂 新潮国語辞典 現代語・古語』（新潮社・一九八二）を愛用する。現代語と古語をともに収録するので、とても便利。古語辞典にいちいち手を伸ばさなくても済む。毎日のように使うので、本がくたびれてきた。この辞典は現在発行されていないが、古書店でもまず見つからない。貴重な辞典ということになる。

先日ようやく同じものを見つけた。きれいだ。買ったままの状態で古書店に売ったらしい。何かのお祝いのときにもらったもので、贈り主の名前が表紙の裏に金箔で記されている。掘られた文字なので消せない。その部分を不透明なテープで隠して、補助的にこの一冊を使っている。

贈られた人は、辞典をもらって、困ったのだろう。「こんなもの何の役に立つの、他のものならいいのに」。その方の声が聞こえそうである。興味のない人には、どんなにすばらしいものでも価値はない。

さて、これは「新装改訂」だ。初版は、どんなものだったのか。先日、その初版と、古書店で出会うことになった。レジの近くに古書の山。この古書店には、あちこちに山がそびえているのだが、レジのそばの山は特に峻嶮。そのいちばん下に、その辞典があった。わずかに背中の文字が読めたので、それとわかったのだ。大量の書籍におしつぶされている。ずっと底に置かれたままだったのだ。

これを取り出すのは、厄介だ。「それを見せてください」とは、なかなか言えない。でも、ぜひとも買いたい。思い悩んだあげく、店主にお願いした。そこからが大変だった。上にあるすべての本を、とりのけなくてはならない。かなりの時間がかかったが、ようやくその初版を取り出すことができた。「ありがとうございます。いくらですか」と聞くと、五百円でいいですよと。新装改訂は、きれいだから、わざわざ初版を求める人はいないので、廉価なのだ。

一九七四年の発行。新装改訂と比べると、造本は簡易。箱の紙は薄茶色。新装改訂はブルーだ。

「編者のことば」は、新装改訂と同じものが掲載されている。従来の国語辞典が「現代語」と「古語」を区別して、別々に出ている（古語は『古語辞典』、現代語は『国語辞典』という名で）のは、「辞典の本来あるべき姿からいっても」十分ではないこと、「二つを切り離して扱うのは、学理的にも問題の多いこと」であり、「古語と現代語とを有機的に結び合わせて説くのでなければ」意味はない、と。そこから、この辞典がつくられたとある。国語辞典の理想が実現していることになる。だからとても大切な、意味のある辞典なのだ。

ああ、ぼくはしあわせだと思った。大好きな辞典の「源流」にめぐりあえたのだから。でもあとで見たら、正式名称は『改訂　新潮国語辞典』。だとすると、この前に、ほんとうの初版があったことになる。

奥付によると、ほんとうの初版は、一九六五年。どんな一冊だったのだろう。見てみたくなる。また、さがしてみよう。より古いものだから、きっと、さらに底のほうに置かれているかもしれない。見つかったときは、また「編者のことば」を読んでみようと思う。理想を掲げた「編者のことば」と、また新しい場所で会えるのだ。

そんなことで、ゆたかな気持ちになれるのですかと思う人もいるかもしれない。でも本の世界は、いろんなところにある。上にもあり、底にもある。

群落

精読すれば、森閑としたことばの光景に魅せられ、引きこまれる。それが漢和辞典だ。戸川芳郎監修『全訳 漢辞海』第四版（佐藤進、濱口富士雄編・三省堂・二〇一六）は二〇〇〇年の初版以降、評価の高い小型漢和辞典の六年ぶりの新版。親字一万二五〇〇。熟語八万。この第四版では和訓、地名を大幅に補充し、新たに日葡《にっぽ》辞書でのよみを加えた。たとえば平家物語、徒然草では上洛をショウラクとよむが、日葡辞書以外に記載がないのだ。以下は、初版以来の特色。訓点を除外し、括弧も最小限で引用する。

ひとつは漢文用例すべてについて、日本語訳と書き下《くだ》し文を付けたことだ（漢和では初めて）。有朋自遠方来（論語）には「ともありえんぽうよりきたル」「ともノえんぽうよりきたルあり」の二つを示す（カタカナは送り仮名の部分）。書き下し文には一定の決まりはないので、二通りの格調を味わえることに。

熟語の大半に、ひとつひとつ漢籍の出典を付けるのも、漢和では異例。「歴」をみると歴日、歴象、歴数、歴任、歴遊、歴歴などが出典を付けて並び、意味が記されたのちに、前熟語《まえ》として歴史、歴程、後熟語《あと》として学歴、遍歴、来歴など文字だけが示される。これでは歴史以下の語の意味がわからないことになるが、一般的な熟語は国語辞典をみてください、ということか。あるいは出典を明示できるものが「本欄」に掲げられたのか。どこで線を引くのか明確ではない。でも、これはこれで面白い。この一点を見渡すだけでも数時間は楽しむことができる。

類義語の欄も出色。途、道、路は車の通行できるみちを表すが、途は一車分、道は二車分、路は三車分の広さであると初めて知った。水路で穀物を運ぶのは漕、陸路は転らしい。行は、人や物の排列で、横の並び。列は、縦の並び。自分からいうのを、言。互いに談話するのを、語。一説に、自分のことをいうのを、言。人のために話をするのを、語。ちなみに「言語」には、文学作品という意味もある（班固・両都賦序）。

文字の形相からは想像できないものにも目がとまる。爽言《そうげん》は、さわやかなことばではなく、間違ったことば（爽には、あやまりの意味もある）。九原《きゅうげん》は墓地。商風は、秋の風。隣里は近隣の地ではなく、同郷の人。群季は、たくさんの弟たち（季は弟のこと）。振旅は、軍列を整えること。強近《きょうきん》は、親類が有力なさま。目がぱちくりだ。鈴語が風鈴の音とはやや意外。雇山《こざん》は漢代、女性への刑罰の一つ。「家に帰し、毎月お金を払って山の木を伐採する人を雇うもの」。これは罰として重いのか軽いほうなのか。このうち爽言、群季、強近、鈐語、雇山は、『広辞苑』などにもない。多彩なことばの群落。漢和ならではの景色である。

明の項目には、約八〇の熟語が並ぶ。明主と明王と明君、明叡《めいえい》と明達と明智と明亮は意味が似かよい、区別がつきにくい。明果は「明晰で、決断力のあるさま」とあるが、どんな場面でどのように使うのか。中国の古典のことばだから見通せない。遠く感じる。それでもそれらのことばが指し示すものは一様ではない。ひとつひとつに真実がひそんでいるようで、こちらをふるいたたせる。

国語辞典は新語の補充があるが、漢和にはまずない。日常で使われない語が存続する。まわりに見あたらず、使い方のわからないことばがこの世に存在すること。それを目の奥にしっかり入れておく。それが漢和への向き合い方だろう。

英明な、という語をこのあいだ初めて使った。用法もつかめないまま、おそるおそる書いたのだ。それから半年たつのに、いまだに不安だ。でもこの一語を使うことで、意識がひとつ跳ねたような気もした。知らないことばに近づく。身が引きしまる。そんなとき、これは漢和辞典なのだなと思う。

明日の夕方

「ふるさとは遠きにありて思ふもの／そして悲しくうたふもの」（室生犀星「小景異情」）

室生犀星は、北陸・金沢に生まれた。実の母と離れて、幼少期を過ごした。事情があって、非嫡出子として届けられ、そのあと金沢の雨宝院という寺に預けられ、そこで同じ境遇の、もらい子の子どもたちとともに、養母のもとで育てられたのだ。

でも、ほんとうのお母さんに会いたい。会いにいくと、母に「またお前来たのかえ。たった今帰ったばかりなのに」と言われる。「二日に一ぺん位におしよ」とも言われる。お菓子など出してくれるやさしい母。でも育ての親に、すまないという気持ちなのだ。しばらくして母は姿を消す。犀星はそのあと母と会うことはなかった。そんな悲しい幼年の日々を、室生犀星は「幼年時代」に書いた。大正八年、三〇歳のときだ。現在、この作品は『或る少女の死まで 他二篇』（岩波文庫）に収められている。「幼年時代」を出発点として詩人犀星は小説を書きはじめ、「あにいもうと」「蜜のあはれ」など小説でも幾多の名作を残した。犀星の作品は、詩も小説も、つらい思いをしながら懸命に生きていく、みずからの実人生が色濃くにじむものになった。
それでも妙に楽しいところ、明るいところもある。ひろく知られることはなく、読者も通りすぎてしまうような作品にも犀星の素顔が示される。「明日」という詩。その全編を、現代仮名づかいで引用する。

「明日」

明日もまた遊ぼう！
時間をまちがえずに来て遊ぼう！
子供は夕方になってそう言って別れた、
わたしは遊び場所へ行って見たが
いい草のかおりもしなければ
楽しそうには見えないところだ。
むしろ寒い風が吹いているくらいだ。
それだのにかれらは明日もまた遊ぼう！
此処《ここ》へあつまるのだと誓って別れて行った。

たった九行の詩だ。三九歳のときの詩集『鶴』（昭和三年）の一編である。この詩は『室生犀星全詩集』や一部の文学全集には収録されるものの、現在の『室生犀星詩集』（岩波文庫、角川文庫、ハルキ文庫など）には収録されていないので知る人は少ないようだ。

この詩を読んで、ほんとうにそうだなあと思う。子どもたちは、どこが面白いのと思われるようなところで、遊んでいるものだ。どこかのすみとか、何かと何かの間とか、何もないところとか。特に面白いとは思えないようなところに楽しみを見つけ、夢中になって遊ぶ。おとなたちが、ここがいいよ、楽しいよ、というところではない。子ども自身が決めたところ。そこに、子どもたちがいるのだ。

こんなところがねえ、と思う。でもそこが楽しい場所なのだ。犀星の詩は、そこをとらえている。いつもそうであること、とるにたりないこと。でもそこに犀星の興味が生まれたのだ。

ふと思う。おとなも、子どもと同じかもしれないと。おとなにもおかしなことがある。遊びでも仕事でも、説明のつかないようなことをして楽しそうにしている。子どもを見ながら、犀星は自分の子ども時代を思い浮かべたのだろう。おとなである自分のことも少し真剣に見つめる。そんな気持ちになったのかもしれない。詩を書くことは特殊なものを扱うことではない。こうした普通の情景をとらえるときに、その人のほんとうの才能が示される。心の姿も映るのだ。

離れた素顔

飛び地とは、同じ行政区画なのに離れたところにある地域のこと。地域が遠い地点へ「飛んでいる」ことから、いう。日本にも多いが、世界にも多数存在。

吉田一郎『世界飛び地大全』（角川ソフィア文庫・二〇一四）は、飛び地の位置と沿革を克明に記す一冊だ。この本を読むことで、これまで知らなかった地域の素顔を知ることができた。

世界最大の飛び地は、アメリカのアラスカだ。一八六七年、ロシアからアメリカがお金で買った。アメリカとアラスカの間には、カナダがある。船で、太平洋に出れば、じかに行けるけれど、陸つづきではない。カナダという別の国が間にあるので、飛び地である。この他、普通の世界地図で確認できる飛び地は、アラスカ以外にもある。ロシアのカリーニングラードは、バルト海に面する地域で、リトアニアとポーランドの間にあり、ロシアとは完全に切り離されている。かつてはドイツ領。

国家、民族間の係争、自然状況、ささいな行きがかりなど飛び地が生まれる理由はさまざまだが、中央アジア・旧ソ連圏も飛び地が多い。地図でポツポツと飛び地らしきものが見えるが正確には読みとれない。ウズベキスタン領に囲まれた、キルギスの飛び地バラクの六二七人は、みんなキルギス人。郵便局がないので郵便が届かない。停電も多い。治安も悪い。「村人たちはキルギス人とウズベク人の衣装を持っていて、周囲のウズベキスタンの町へ行くときは、ウズベク人の恰好をして出かけるそうだ」。逆に観光名所になるなどで潤い、住民の大半が「飛び地のままがいい！」と主張する。そんな例も世界各地にある。

アラブ首長国連邦に囲まれたオマーン領の飛び地マダのなかに、アラブ首長国連邦の飛び地ナワがある。飛び地のなかの、飛び地なのだ。ああ、これは、どう考えたらいいのだろうか。他にも、家が数軒だけあるだけの飛び地や、六〇年間の長きにわたって忘れられていたヘチマ形のリオ・リコ（メキシコ・旧アメリカ領）など個性ゆたかな飛び地も、本書に登場する。「国境」の秘境が照らし出されていく。

ぼくは小学生のとき、世界地図帳でインドのアラビア海に面した町のいくつかが、明らかに国境線らしきものでそこだけ区切られているのを見て、不思議に思った。北から南へ、ディウ（ジウ）、ダマン、そして「黄金のゴア」のゴアだ。三つともポルトガル領と記されていた。ポルトガル本国からは遠い。この三つの町は「植民地」なので、飛び地のように見えるが、飛び地とはいわない。同じ「法域」にある国の地域が離れているのが飛び地。一九六一年一二月、インド軍が侵攻し、ゴアは陥落。ゴアもディウもダマンも、インド領となって現在に至る。

イタリア共和国のなかのサンマリノ、南アフリカ共和国のなかのレソト（当時はバストランド）、フランス・スペイン国境のアンドラなどの小さな独立国や公国も、子どものぼくには、どこかの国の飛び地に思えた。シッキム（現在はインド領）なども飛び地に思えたが、そうではなかった。地理を理解するごとにいくつかの「飛び地」が消えていったことになる。

飛び地には、いくらか謎めいた印象があり、その地形にも惹きつけられる。

紀伊山地に、一般の地図で確認できる飛び地がある。小学生のとき、これを見て、不思議な気持ちになった。和歌山県東部の山間部。実に複雑な地形をした飛び地。それが和歌山県東牟婁郡北山村だ。三重県と奈良県の県境の地域なので、和歌山県とは全く接していない。なのに、和歌山県なのだ。なぜか。昔から、北山で切りだされる材木は、北山川に流して下流の新宮市（和歌山県）に運ばれた。それで北山と新宮市の結びつきが強く、市町村合併の話があっても住民は和歌山県のなかに入ることを望んできた、といういきさつがあるからだ。北山村には現在（二〇一九年）、四一七人が住む。小学校一つ、中学校も一つ。自然に囲まれた静かな村だろう。

飛び地には、他の地域とは少しちがう空気が流れているように思う。夢が一筋光っている。そんな場所かもしれない。

テレビのなかの名作

中学、高校の頃、NHKテレビでは、名作のドラマが放送されていた。それも質の高いものだった。

まずおぼえているのは、横光利一「紋章」。雁金という男は、サツマイモから醬油をつくるという奇妙な発明家。モノクロの画面だった。家屋に光がさし、男がひとりで何か考えている、というような映像が漠然と浮かぶ。そのことを書いたら編集部の人が調べてくれて、NHKの「文芸劇場」(金曜夜八時—九時)という番組で一九六二年八月三一日に放送とわかった。ぼくは中学一年だったことになる。主演は、宇野重吉。庄司永建、高森和子など。脚色は藤本義一(のちに直木賞を受賞する作家)。「紋章」は横光利一の代表作のひとつで、一九三四年に発表。二八年後にドラマになったのだ。

同じ「文芸劇場」で、記憶しているものがいくつかある。まずは石川達三「転落の詩集」(一九三九年発表・一九六四年放送)。掏摸《すり》をして刑務所に入れられた女性が、詩を書いているのだ。ぼくは中学三年だったが、その女性のようすを鮮やかに思い出す。「転落の詩集」という小説の題も強い印象を残す。

「文芸劇場」では他に、武者小路実篤「友情」、鈴木三重吉「千鳥」、石坂洋次郎「草を刈る娘」、井上靖「あすなろ物語」、高見順「今ひとたびの」、島田清次郎「地上」、幸田文「流れる」、三島由紀夫「潮騒」などが放送されたようだが、それらは見ていない。

もうひとつ、心に残るドラマがある。上林暁「鉛筆の家」(一九五一年発表)だ。これもNHKで、永井智雄の主演。作者の家に以前会ったことのある男が訪ねてくる話だ。永井智雄が演じる和服姿の作家がよかった。質素な暮らし。庶民的だが品がある。物を書く人にあこがれていたぼくは、作家というのは、このような人になることなのだと思った。それに気をとられたので内容はあまりおぼえていない。あとで調べると一九六六年三月放送だから高校一年のときに見たのだ。中学、高校のときに名作を知ることは、文学の魅力を知ることだ。文学と出会うことである。

一九七一年、NHKテレビで梅崎春生「幻化」(一九六五年発表)が放送された。主演は、高橋幸治。共演、伊丹十三、渡辺美佐子。二〇年ぶりに、戦争のときにいた鹿児島各地を訪れる話で、戦後文学最大の傑作のひとつ。ぼくはしばらくあとの再放送を見た。原作の世界をみごとに映像化したテレビドラマの名作だ。

NHK松山放送局が制作した吉村昭「海も暮れきる」（一九八〇年発表・一九八五年放送）も、とてもよかった。主演は、橋爪功。「咳をしても一人」「墓のうらに廻る」など自由律（五七五の定型にとらわれない）の句で知られる俳人尾崎放哉（一八八五―一九二六）がモデル。帝大を出たにもかかわらず酒におぼれ、社会生活ができない。四国・小豆島に安住の地を見出した彼は、土庄の南郷庵でお遍路の札所の番をしながら、そこで寝起きし、さみしく病没。島での最後の八か月を描く作品だ。

橋爪功以外に、大勢の人が登場するが、みなさん、いま島で暮らしている人たち。つまり、演技は、初めての人たちだ。「庵主さん、来ましたよ」と、食べ物をもってくるおばあさんも、島の人。すみずみまで暮らしの風景とつながったドラマなのである。最初は一九八五年八月一日放送。ぼくは翌一九八六年一月五日の再放送（総合テレビ）で見た。正月休みに、テレビを見たら、映っていたのだ。なんとも不思議な世界が。途中から見て、引きこまれた。録画したが、最初の五分ほどが欠けている。

いまもテレビドラマはあるけれど、話題作をすぐドラマにするものが多いので、どうしても雑になる。以前は、前記の作品の多くがそうであるように、小説が発表されてから、かなりあとにテレビドラマになった。制作者がしっかりと時間をかけて、つくっていたのだ。また、発表して何年もあとにドラマになっても、内容の色褪せない名作が、いくつもあったのだと思う。

姿勢

『新潮日本文学アルバム』（新潮社）は三〇年以上前に刊行されたシリーズだが、主要な巻はいまもロングセラーをつづける。『夏目漱石』『樋口一葉』『高村光太郎』『萩原朔太郎』『太宰治』『三島由紀夫』『寺山修司』など二〇人の人生を伝えるアルバムだ。

このところぼくは、島崎藤村の作品を読んでいるので、その一冊『島崎藤村』（一九八四）がそばにある。誕生から晩年まで島崎藤村の姿がときどきの写真とともに映し出される。「若菜集」「破戒」「夜明け前」などの名作の舞台も知ることができる。

そのなかに名作「家」（明治四三年・一九一〇年）のモデルになった「高瀬家」の集合写真がある。明治三一年だから、「家」が書かれる一二年前のもの。「高瀬家」は、島崎藤村の姉・園子の嫁ぎ先。写真には、子どもも含めた家族、藤村、そして一家に仕える女性、番頭さんの姿もある。男女、合わせて一〇人だ。ぼくはこの写真を見るたび、不思議な気持ちになる。

通常、集合写真では、みなカメラの方を向く。だがここでは正面を向く人は四人だけ。あとはカメラに目線を合わせず、横か斜めに顔を向けている。場所は庭のようで、一〇人のうち五人は何かに腰かけ、あとの五人はそのうしろに立つ。足場がわるいとは思えないのに、視線がばらばら。でも、それぞれきちんとした姿勢。

この一冊には、他にも明治のころの集合写真が何枚かあるが、それらはみな正面を向く。だがこの「高瀬家」の一枚は、ようすがちがうのだ。明治のころは写真は貴重。被写体になるのは特別なとき。あとあとまで残るのだから、撮影するほうも写される側も、それなりに意識し、姿勢をそろえるのが普通だろう。どうして、ばらばらなのか。ぼくは考えた。もちろん考えてもわかるわけはない。でもこれは、すてきな写真だと思ったのだ。

昔の日本人は、それぞれに自分というものをもっていたのではなかろうか。自分の立場、役割というものを超えて、自分というものをしっかりもっていた。それは通常の写真ではなかなか出ないが、ときにおもてに現れる。それがこの一枚なのではなかろうか。

長編「家」は、家のために、個々の人生を犠牲にする人たちの姿を描いた苛烈な作品だ。封建的な世界といってよい。そう見るのはまちがいではないが、そうした人生もまた、彼らひとりひとりが選んだものである。まるで意志のない人間が人生を送ったわけではない、という方角から見ていくと、「家」はまた異なる相貌を示すかもしれない。そのあとの感動的な名作「破戒」、歴史小説の大作「夜明け前」に登場する人たちも、現代の人が思う以上に、自分をもつ、強い人生をつくりあげていたのではないか。ぼくは一枚の写真から、明治・大正期の名作の見方をあらためて見つめ直したいと思った。「高瀬家」の集合写真は、その意味で、いまの人たちにはないもの、大切なものを表現しているようだ。

『島崎藤村』のなかで、もうひとつ印象に残った写真がある。島崎藤村の長女・緑が、病床で、こちらを見ている一枚だ。「大学小児科病院にて撮影」（藤村の自筆裏書）とある。明治三九年、藤村三四歳のとき、緑は六歳で亡くなった。その少し前の写真だろう。まだ、頬はふっくら。「どうしたの」と、こちらをうかがうような表情には生気がある。でもまもなく亡くなったのだ。見ていると、悲しい気持ちになる。

ぼくは小学生のとき、祖母に連れられ、親戚の中学生の女の子の見舞いに、病院に行った。いっしょに、りんごを食べて、少しだけ話をしたように思う。その半年ほどあと、女の子が亡くなったことを知る。悲しかった。ぼくとどういうつながりの子なのかは当時もいまもわからない。遠い親戚の子だったのだ。その日のことを思う。この病床の写真から静かに思い出すのだ。写真はいろんなものを映す。見る人のことも映していく。

幻の月、幻の紙

上京した年だったと思う。上野の美術館で、ドイツ表現主義の展覧会が開かれた。キルヒナー、バルラッハ、カンディンスキーなどの二〇世紀初頭の傑作、実験作がひしめく。きびしい線、暗い色彩のものが多い。現代だ、みんな苦しい、でも強くて美しいと感じた。

そのあと『ドイツ表現主義』（河出書房新社・一九七一―一九七二）が刊行された。詩、小説、演劇・映画、美術・音楽、理論と運動で、全五巻。山崎晨による装幀は、各巻の箱に異なる原色を配す。その美しさに心がふるえる。

その「小説」の巻には、ハインリヒ・マン「息子」、フランツ・カフカ「あるアカデミーへの報告」、アルフレート・デーブリーン「たんぽぽ殺し」、カール・シュテルンハイム「ナポレオン」などがある。収録作家一七人のタイトルのかたわらには、作者の顔写真、似顔絵、似顔絵にみえるカットなど、さまざま。でも、何もない人もいる。「若い作家たちに」のクルト・ピントゥスは、何もない。海外の人物だけに情報はまだ十分ではないけれど、ドイツ表現主義の芸術に魅せられ、とにかく本をつくろうとする人びとの勁い情熱が伝わる。出版史に残るシリーズだ。

同じころ、書店には『長谷川四郎作品集』全四巻（晶文社・一九六六―一九六九）がまだ新刊として並んでいた。「鶴」「シベリヤ物語」で知られる作家がさかんに作品を書いていたころの全集だ。貼箱は初巻から順に、濃いピンク、緑、茶、ブルー。デザインが美しいだけではなく目次の文字組などもすばらしい。装幀は著者の長男、長谷川元吉。本を見ているだけで、気持ちが輝く。各巻の著者の「まえがき」は、明るい文章だ。まるで詩のような形をしている。詩を読みなれているはずのぼくにも、十分に意味がわからない。でもその春のような空気が心地よい。

高校のときから、福井市に住む詩人の則武三雄を訪ねた。則武三雄は鳥取の生まれ。戦前の一七年間、朝鮮半島で暮らした。のちの国民的詩人白石、徐廷柱、日本で活躍した作家、金史良らと交友。則武三雄は『朝鮮詩集』『越前若狭文学選』など自分の著作だけではなく、福井の若い人たちの詩集を「北荘文庫」という名前で出版した。八〇点に及ぶ刊行物には、和紙和装の本もあった。印刷までは印刷所、そのあとの製本は、自宅で行なうことも。机のまわりには、さまざまな和紙と、まだ表紙をつけていない未製本の書冊がいっぱい置かれていた。自分の手で丹念につくる。その作業をぼくは見ることができた。

一九七二年五月、ラジカルな評論家、村上一郎の『草莽論』が出た。明治維新前夜、「草莽」

ということばが人々の心に舞い降りて、革命の志気を高める経過を記す。表紙は漆黒。本文の文字もきれいで読みやすい。

一九七三年、大学を出た翌年のこと。喫茶店を経営する先輩と、出版を始めることになった。『草莽論』の奥付に、制作した印刷所が記されていた。電話帳で調べたら新宿・東五軒町にあるとわかり、ひとりで印刷所に出かけた。原稿をもっていき、ここは『草莽論』のこれと同じになどと、ひとつひとつ伝えた。印刷のことは何ひとつ知らなかったが、『草莽論』をもとに、郷原宏の第一詩論集『反コロンブスの卵』(一九七三)ができあがった。そのあとぼくは会社勤めのかたわら、一九七四年、単独で、詩集の出版、紫陽社を始めた。著作に専念後もつづけ、今日までの四五年間に、新人の第一詩集を中心に二七〇点の本を制作、出版した。清水哲男、則武三雄、井坂洋子、伊藤比呂美、近年では蜂飼耳、日和聡子、中村和恵などの詩集だ。それらはすべて前記の同じ印刷所でつくられた。『草莽論』は、ぼくの小さな出発を支えてくれた大切な本だ。

津軽書房刊行の『葛西善蔵全集』(全三巻・別巻一・一九七四—一九七五)は、同郷・青森の研究家、小山内時雄の編集。「哀しき父」から「忌明」まで、葛西善蔵の発表作品のすべての初出誌をさがしだし、巻末に各誌面の最初のページの写真を掲示するという、日本の全集ではあまり例のない大きな仕事を果たした。一ページ、一ページが労作だ。いまも見るたびに、ぼくはためいきをつく。しっかりとした本を、しっかりとした気持ちでつくること。それ以上に鮮やかなものはない。

日本の戦後の詩集でもっとも装幀が美しいとされるのは、会田綱雄の『鹹湖《かんこ》』である。それだと決まっているのではなく、どうもそのようである、ということだ。文学史の本で、詩集の写真を見たことがあるだけだったが、数年前ようやく手に入れることができた。名詩「伝説」を収める詩集である。深い緑の貼箱のおもてには「會田綱雄」、さらに大きな文字の「鹹湖」。どちらも黒い「書き文字」だ。装幀は高橋錦吉。その色彩と、文字の配置は身ぶるいするほど美しいものだ。発行は、緑書房。

実はこの本には、不思議なことがある。奥付に、一九五七年版とあるが、何月の刊行かが記されていないのだ。自主制作の詩集にはときおりこういうことがあるが、名だたる詩集で例はない。現代詩史の年表をつくる場合、困ることになる。一九五七年の項のどこに、どの月に収めていいかわからないのだ。主な年表では「一九五七年刊」とだけ記す。『全集・戦後の詩3』（角川文庫・一九七三）では「3月」とし、「奥附に月なし」と記す。実際に、ある人がこの詩集を受けとったのが三月だったのだろうか。根拠はわからない。美しいものには、特別なことがあるものだ。

さきほどの則武三雄に、越前和紙の粋をこらした詩文集『幻しの紙』（北荘文庫・一九七三）がある。代表作とされる書物だが、本来なら『幻の紙』であり、「し」は不要。でも「し」を加えたのだ。「し」があると、ことばのすわりはよいけれど、ぼくは『幻しの紙』について書くたびに、誤りを指摘されるようで悩ましい気分になる。それも楽しいことだと思う。書物には、特別な景色があるのだ。特別なものは、いつまでもそのままであってほしい。

現代の海外文学との出会いとなった一冊、アイザック・B・シンガーの短編集『短かい金曜日』（この題の訳語も「短い」でいいのでは）。そのなかの一編「イェシバ学生のイェントル」が、映画化により、突如ひとり立ちし、『愛のイエントル』（晶文社・一九八四）という題の一冊となって刊行された。新しい題で、作品の世界を味わうことができた。そんなことも、いま思い出す。いい本にはいつも新しい世界がある。あとからわかる、不思議なこともある。だからいい本はこれからも、いい本である。

垣根をこえて

『天使が見たもの――少年小景集』（中公文庫・二〇一九）は、阿部昭（一九三四―一九八九）の作品集。少年を主人公とする一二編を収録。そのなかの六編は、高校の国語教科書に掲載の作品だ。

「子供部屋」（一九六二）は、初期の代表作。知的障害のある兄・一成の振る舞いは、母と中学生の弟・晴男を悩ます。兄は病院に入る。病室を訪ねると、レコードに合わせて同じ歌を何度もうたう兄。「一成が夢中になって歌っているあいだに、日はゆっくりと傾いて行った。陽ざしが遠のいて行くにつれて病室の消毒の匂いは、いつの間にか二人が持って行った花束の匂いに打ち消されて、ずいぶん長い時間そこにいたような気持を起こさせた」。空間の色合いまでを描いてゆく。

連作「幼年詩篇」（一九六五）の一章「父の考え」は、元海軍大佐の老父の日々。生活能力なし。

「何か売るものはないか」と次から次に家財道具を売り払っていく。家族はうろうろ。同期の元軍人と計画した観光事業も立ち消えになり、「父は、今度は、家を処分することを思いつくのだ」。このこまったお父さんは、亡くなったあと、「大いなる日」(一九六九)、「明治四十二年夏」(一九七一)など、子息・阿部昭の名作で、異なる姿を見せることとなる。父子のかかわりだけではない。作品どうしの絆も見えてくる。

「子供の墓」(一九七二)。父となった主人公は、三歳の子どもといっしょに、父や兄の眠る墓へ。子どもは飛び回り、気にいった他の墓にも、水をかける。「およそどこの誰か父親にも見当のつかない榛葉家や浅場家や山口家に柄杓二、三杯ずつ水をかけて歩く」が、ときおり父親のほうを見る。町なかでも、「子供はよく父親の存在をたしかめるために振りむく」。ああ、ほんとうにそういうものだ、とぼくも思う。そのあと父親は、砂山の頂上に立ち、自分もまた子どもの時代から生きてきたことを振り返り、「この白い野が父親自身の幼年の墓だった」と思うのだ。少年期は自分自身のものであると同時に、それを通過したおとなのものでもある。子どもとおとなの垣根をこえて、文章がつづく。

表題作「天使が見たもの」(一九七六)は、母と小学四年の少年の暮らし。母はスーパーで働くが不摂生で病気がち。よく発作をおこす。出かけるときは、あれを食べなさいなど簡単な置手紙を残す。ある日学校から家に帰った少年は、母が病気で死んでいるのを見つけ、そのあとスーパーの屋上から飛び降りて、母の後を追う。「このまま病院へ運ばずに、地図の家に運んで下さい。家には母も死んでいます」とメモがあった。その地図には、自宅まで、「やく二百五十メートル」と記されていた。実際の事件をもとにした作品だ。

母と子の間をゆきかった愛情は、まるで影のなかに収めるように淡々と描かれる。でも母が置手紙を残したように、子どももメモを残したのだ。二人はそこで重なることになるのかもしれない。母であること、その子であることのしるしのように。

この「天使が見たもの」の冒頭、子どもがひとりで、鳥小屋を見に行く場面。すみっこの暗がりの土の上に、「親どりをそっくりそのまま寸法を縮めたような雛が、ある日突然に地面から湧いて出たといった感じでいつのまにかちゃんと歩いていたりするのだった」とある。ぼくはこの最初の一節にあらためて目をとめた。それからメモの場面に戻り、母と子の哀切な情景をまぶたに深くおさめることになるのだ。つくるのではない。編むのでもない。自然と生まれ、流れでることばで、阿部昭の作品は書かれた。すみずみに、湧き出るようないのちがある。

激動期の青春

四〇〇字詰原稿用紙で九〇〇枚を超える長編小説『いやな感じ』は一九六三年、文藝春秋新社刊。「最後の文士」高見順（一九〇七―一九六五）の代表作だ。

川端康成は、寝食を忘れて「一気に読み通し、批評も判断もほとんど忘れて、ただひきこまれた」「異常な傑作」と書いた。人間性と思想の問題が「大きな規模と強い迫力とをもってここに書かれた」と伊藤整。三島由紀夫は「いやな、いやな、いい感じ」の題で「見事な文学作品」と評した。以上、『高見順文学全集』全六巻（講談社・一九六四―一九六五）の解説、月報より引用。

『いやな感じ』は、各社日本文学全集の『高見順集』、前記『高見順文学全集』第四巻（一九六四）、『高見順全集』第六巻（勁草書房・一九七二）に収録後、角川文庫（一九七四）、文春文庫（一九八四）になった。仏語訳（マルク・メクレアン訳・一九八五）も手元にある。今回の新版『いやな感じ』（共和国・二〇一九）は、大きめの判型。とてもよみやすい、「いい感じ」の本だ。

昭和初めから満州事変、二・二六事件、日中戦争開始まで約一〇年の激動期。舞台は東京・下町、京城、北海道、上海、そして前線へ。主人公はアナーキストの青年、加柴四郎。中学のとき大杉栄の思想に魅せられ、福井大将狙撃事件に加わるが、「生き残れ」といわれ（同志はつかまり死刑に）、いまは「死にぞこない」のテロリスト。同じアナーキストくずれで右翼と通じる砂馬、ボルシェビキ（ボル派）に転じる丸万、シナ浪人の革命家斎田慷堂（主に北一輝がモデル）、黒旗、赤旗ではなく錦の御旗で革命を謀る軍人北槻中尉らが複雑にからみあい、四郎の人生を動かす。ボル派台頭でアナーキストたちは孤立化するが、「自由な人間としての自覚を持つこと、それがすなわち革命者としての自覚の第一歩」という四郎はひとり、「生の拡充」をめざす。四郎はインテリではない。そこらにいる町のあんちゃん風情。いやなものに、ときおり「いやな感じ」と軽くつぶやくものの、思いのままに行動。そのあげく行きあたりばったりの「無意味な殺人」をかさね、最後は上海で、中国人の捕虜を軍刀で斬り殺す。その狂気への道筋を描く。軍内部の抗争、中国の革命とのかかわり、ロシアのテロリズムの歴史などももりこまれ、昭和の激動期の壮麗な絵巻が展開する。

物語の前半、浅草・ひょうたん池でアビルという人相見と再会。ろうそくをもって立つ彼は謎の人。こうした人がぞろぞろと、どこから来たの、というような角度で次々に登場。きたないもの、うすぼけたもの、みにくいもの、なくてもいいもの、ひよわなもの。そんな人影も含めて時代の空気と全体像をとらえる。人間がもつものを余さずとりいれていくのだ。でも作者の文章は文学的ではない。作家ならこう書くだろうというところも、そのようにしない。会話も表層的。でもそのことが至るところで効果をあげる。北海道・根室で、波子が、あの奥さんきれいな人ね、という。四郎が「うん」と答えた、そのあとの二人の会話。

〈「ご主人より年上みたいだけど」

「うん」

「何を言っても、うんうん……いやねえ」

「うん」

「あら、こんなところに、お手玉が……」〉

このお手玉が、この長編の最終場面で、ちらりと姿をあらわすことになる。すみっこにも、何かしらあるのだ。いい感じ。

麻布・四の橋の鋳物工場で。「上体は素っ裸かのおやじが、ハタラキ（雑工）をどなりつけながら、仕事をしていた。俺の子供のときから見なれた姿であり、俺の子供のときとちっとも変らない姿である」。「ちっとも変らない」を添えるのは四郎の気持ちをていねいに表したように見えるが実は裸のおやじさんに重心が移動している。「俺は俺自身を殺すのだ。俺自身に対して俺はテロリストたろうとする」は、「精神的なめまい」などの比喩と同様少し安っぽい。描かれ方は単純で、奥も底もないのに、むしろそれによって個々の存在が照らされるという流れが起きる。

高見順は「故旧忘れ得べき」など初期作品以降、独自の散文を地道に積みあげた。一つは文法だ。「それは俺に絶望が俺に与えるようなものを与えていた。生きたいという希望は俺にとっては絶望だからか」。絶望と希望をとりかえる。こうした文法上の回転は、人を一気に新しい地平へはこびこむ。表現は限られた人のものだが、文法は誰もが使える庶民的なもの。そしてときに現実そのもの。「自由民権論者が国家主義者になっている」「今度は社会主義者が国家主義者になる」(砂馬のことば)というように時代も人間も、変転した。高見順は文章を書くだけではない。文法でも書いた。それは『いやな感じ』でも見事に機能した。

この長編には、オオマナビ(大学生)、オヒカリ(憲兵)、サシコミ(接吻)、シリヒキ(甘い看守)、ナシ(密談)、カルアユミ(階段)、キスグレ(酔いどれ)、シロモメン(川)、ガリダマ(卵)、ヒンヤマ(金)など三〇〇以上の隠語が出てきて、跳びまわる。人びとは現実とは別の世界を眼の奥に掲げていた。それは時代に向ける個人の抵抗のしるしでもある。

加柴四郎の激烈な人生は、悲劇へと転落したが、当時の人たちの多様な人生と、熱くふれあう部分をもっていた。『いやな感じ』は時代という大きな世界の空気と、そのなかで生きる人たちのようすを鮮やかに伝える。時代があるかぎり、読まれていく作品なのだと思う。他に、北一輝、アナーキズム関連の短編とエッセイ三編を収録。解説、栗原康。

平成期の五冊

吉行淳之介『目玉』（新潮社・平成元年）は、昭和後期の名編「葛飾」、同「大きい荷物」、平成元年の「いのししの肉」など七作を収録。女性ではなく、男性を描く筆が冴えわたる点に見どころがある。秒針のように進む文章の美しさは、これ以上のものを小説に求める必要がないしるしだと思う。著者最後の短編集。

荒俣宏『プロレタリア文学はものすごい』（平凡社新書・平成一二年）は、「蟹工船」ブームの八年前に書かれた画期的評論だ。小林多喜二、葉山嘉樹、黒島伝治、岩藤雪夫らを精読。これまでにない斬新な逆転的視点で、往時のプロレタリア文学の厚みと豊かさを示し、論じ切る。

耕治人『一条の光・天井から降る哀しい音』（講談社文芸文庫・平成三年）は、没後に出た代表作集。畳の上に生まれた小さなゴミ。そこに一条の光が走りぬける——。長い間、地味な作家生活を送った著者は、後年、現代小説の新たな光源となる作品を書いて読者の心をとらえた。

小山田浩子『庭』（新潮社・平成三〇年）は「庭声」「名犬」「蟹」「緑菓子」などを収めた近作集。世代、時代、個人の間の距離と時間が消えうせる、不思議な世界を映し出す。文章の傾斜と、速度が印象的。

マーサ・ナカムラ『狸の匣』（思潮社・平成二九年）は、第二三回中原中也賞受賞作。著者は平成二年生まれの女性詩人。「犬のフーツク」では学童疎開、さらに柳田國男への手紙、爆弾三勇士、鯉を見つめる江戸時代の人など、未体験の情景を溶け合わせ、ことばと詩の自由度を一気に高めていく。特別な才能だ。

異同

物音ひとつしない静けさに被われることがある。何かを読み忘れていないか。そう思うのは、そんなときだ。書棚に置いたまま、まだ読んでいない書物が多数ある。また、書物のなかに含まれる作品のすべてを読むわけではないので、そこにも読まないものがあって、新雪のように降りつもる。そのことがこれまで以上に気になりはじめた。ある年齢を過ぎると、知らないまま行き過ぎることを惜しむ気持ちが高まるのだろうか。以下は、以上の文章のつづきである。

物干し場の笛

新潮社『日本文學全集』全七二巻（一九五九—一九六五）は、全巻で一五〇〇万部以上を売り上げた日本文学全集の代表格。その第七〇巻、『名作集㈡大正篇』（一九六四）は、長谷川如是閑「ふたすじ道」、加能作次郎「恭三の父」、藤森成吉「雲雀」、細田民樹「初年兵江木の死」、野上弥生子「海神丸」、犬養健「南国」、佐佐木茂索「曠日」、岡田三郎「三月変」など大正期に活動した作家の二二編。松永延造「ラ氏の笛」も、そこにある。

松永延造（一八九五―一九三八）は、横浜の生まれ。松永家は、県下屈指の材木商。幼時に脊椎カリエスに罹り、小学校を二年で退学。松葉杖で歩けるようになって横浜商業補習科へ。専修科を修了後、長編「夢を喰ふ人」、ついで「職工と微笑」などの作品で、滝田《たきた》樗陰《ちょいん》、佐藤春夫から高い評価を受けた。その後も、プロレタリア文学とも私小説とも距離をおく、独自の実存的小説世界を切り拓く。詩人でもあった松永延造は一九三六年に草野心平らの「歴程」に参加し、詩作品を寄せたが、一九三八年、四三歳で病死。戦後しばらくたって、「椎名麟三の文学の先駆」とみる平野謙の批評などが現れ、草野心平監修『松永延造全集』全三巻（国書刊行会・一九八四）をきっかけに再評価された。全集の刊行は、吉村りゑの収集・発掘と研究の成果によるところが大きい。全集から三五年が経過したいまは、もとに戻り、話題にする人はあまりいない。

「ラ氏の笛」（一九二七）は、「横浜外人居留地の近く」に生まれた「私」が、中国人、インド人、エジプト人らと友誼を取り交した経験を持ったことを語るところから始まる。

大正の何年かに「私」は、病院で臨時雇の助手として働いた。そこへ患者として入ってきた若いインド人、ラオチャンド（ラ氏）と出会う。彼は小さな貿易商の事務員だが、「私」の紹介で病院の三等室に入ることができたのだ。「私」は松永延造その人と思われるから、「私」もまた病気をかかえている人であり、その人がラ氏の世話をしたことになる。

ラ氏は、孤独の影をひく人だった。彼は、月の出た夜、物干し場のある屋上へ上がる。そこへ若いインド人の女性が来て、二人が話しあうようすを「私」は見る。あとできくと、彼女もまた貧しい人で、わずかな金を目当てにラ氏に結婚を迫ったが、同じように貧しいラ氏は拒否したらしい。笛が上手なラ氏は、彼女に吹いてみよと笛を渡した。彼女は受けとるのを断った。病気がうつるとでも思ったのか。そのようすからラ氏は判断したのだ。というようにあまり見かけることのない形で人間の冷たさが顔を出す。でもその冷たさを通して人間の表情と生き方が伝わる。そんな感じの特異な作品だ。

ラ氏が、死の床での叔父のことばを「私」に伝える場面。

「月が虧《か》けている時、それは本統に半分を失って了ったように見える。けれど、実は何者をも失ってはいないのだ。私が不意に居なくなるとしても、それは月の半分が虧けるようなもので、実は何も変った事は起っていないのだ」。たしかに、そういう見方もできると、ぼくは思った。

さて、これを聞いた「私」は、「深い困惑に落ちて、この異国人の旅愁を少しでも和らげてやりたいと願った。然し、ラ氏は最早全く感情的なものから遠ざかって、平和に微笑んだ」。

つづけてラ氏は、つぶやく。

「私は何《ど》んな場合でも、極く自然に幸福を自分のものとした例を知らない。では、何うして私は幸福をかち得たか？　何時も不幸でもって、幸福を買ったのである」。彼は幼いときから日本へ行きたいと夢見ていたが、その願いがかなったのは、横浜で病気になった叔父を看護する目的によるものだった。いまはあなたと親しくなれて幸福だが、「そうなる為めには、私の病気が色々と機会を造ったのではないか」。これにもぼくは、そういうものかもしれないと思う。ラ氏の病は重くなり、ついに亡くなる。「私」は、不幸によって幸福となるということばをあらためて取り出し、人間の運命を思う。そこで小説は閉じる。月の光のように、ひそやかな美しい作品だ。

この作品には明確なことばがある。ことばがある小説だと思った。そこにぼくは感動をおぼえた。「月」の話も「幸・不幸」の話も、人間を見るときの一つの視点にすぎないが、こうした視点をみずから編み出し、みずからのことばに照らされながら人は生きていくものだ。暗い闇のなかでも、闇を通りぬけていく、ことばの強い残像。漠然としたもので終始する日本の小説には、ことばが揺らめく作品はあまりない。「ラ氏の笛」は、知りたいのではない、驚きたいのだ、という国木田独歩「牛肉と馬鈴薯」（一九〇一）以来の鮮やかな声を届ける。

もう一つは、異国の人たちが暮らし、行き交う横浜という特殊な都市の世界がこの作品で見えてくることだ。異国人と心が通じないときでも、ことばをもって会話し、気持ちを伝えあわなくてはならない。だからこそ、個々のことばが格別の重みとひびきをもつのだと思う。

扇町公園

伊藤信吉（一九〇六―二〇〇二）は、『松永延造全集』第二巻で、長文の解説「回想の回想――解説に代えて」を書いている。この解説を書く三〇年前、伊藤信吉は「奇才の文学――松永延造のこと」（一九五四）という文章を草したという。それによると、一九二九年ころに、横浜に住む松永延造を訪ねたそうだ。いまから九〇年前のことだ。以下、新字新仮名で。

「真夏の日ざかりで、とても暑い日だった。記憶はおぼろげになってしまったが、ともかくもその家をさがしあてて、取次に出てきた人に、松永さんに会いたいといった。誰の紹介もなしにそういうことをしたのである。取次に出てきた年配の女の人は、いま病気で寝ているからお会いできないといった。断られるのが当然だが、いまになって考えると残念だったともおもう。あのとき会っていたならば、私はもっとこの作家にふかく触れていたかもしれない。」

このとき、松永延造は三四歳、伊藤信吉は二三歳。伊藤信吉が松永延造に会えなかったのは、伊藤信吉だけではなく読者にとっても残念なことかもしれない。「職工と微笑」を読んで、「涙の出るほど好きに」なった佐藤惣之助は、松永延造が亡くなったあとも、彼はどうしているのだろうと思ったほど、人に知られることのない地点に松永延造の人生は置かれていた。その写真もほとんど残されていない。ラ氏と同様に、孤独な影を引いていたのだ。

伊藤信吉は、解説を書くにあたり、一九八四年五月、横浜を訪ねた。生家あとを見に出かけたのだ。「横浜市中区扇町一番地」の跡地は、横浜市立扇町《おうぎちょう》公園になっていた。「公園そのものはどんな風情もない。こんな跡地訪問に何の意味があるか。意味なんぞないけれども、五十数年前の私にとって松永延造という作家が、暑熱の日に訪問を促すほどの魅力的世界だったという、そういう松永文学の魅力のよみがえりがある」。

この伊藤信吉の文章からも三五年がたった。いまも扇町公園はある。地図でみると根岸線・関内駅のすぐそば。線路をはさんで反対側は、横浜スタジアム（野球場）。そこが跡地だとはと、横浜の町を知らないぼくはおどろく。横浜スタジアムの竣工は一九七八年だから、伊藤信吉が再訪したときにスタジアムの建物が間近に見えたことだろう。ぼくはいつかこの跡地に行ってみたいと願う。その人に会えなかったという、少し残念な過去のことがらが、その地に立ってみたいというこちらの気持ちを誘い出したとしたら、「幸・不幸」のラ氏のことばが生きているしるしだろう。「ラ氏の笛」から、九二年の歳月が経過した。屋上の笛は聞えないし、ラ氏も、言い寄った若い女性も、作者の姿もないけれど、はるかな時代に、一つの作品の世界があったことを、その場で感じてみたいのだ。

個人タクシー

北村太郎の詩集『おわりの雪』（思潮社・一九七七）の作品は、主に横浜が舞台だが、そのなかに「闇のまぶた」という一編がある。谷の多い市内の風景と心象を描くものだ。その結び。

ヨコハマの
さぎやまは谷の町で
家々の明かりは
いよいよ内へ内へと明かるくなり
谷のはざまに見える麦田の通りには
「個人」と灯したタクシーが一台
たちまち
海岸通りのほうへ消えてゆくのだった

「さぎやま」は横浜市中区鷺山。「麦田」は横浜市中区麦田町。鷺山も麦田町も、松永延造の生地、現在の扇町公園のほぼ南で、それほど離れていない。近所といってよい。「ラ氏の笛」が書かれてから、「闇のまぶた」はちょうど五〇年後の作品だ。

個人タクシーが消えていく、この夕方の風景は、とても印象的だ。ラ氏がそうであったように、松永延造もそうであったように、人は個人の世界を生きるしかないのだ。それが人生のありかたなのだと思う。いま「闇のまぶた」の後半部分を書き写した。左手で詩集を開き、右手で書き写すのだ。こっちを見て、あっちを見ての単純な繰り返しだ。詩を眼でいったんおぼえて、写していくので、予想と異なるものになる。たとえば「ヨコハマ」の部分なら「ヨコハマの」で切らずに「ヨコハマのさぎやまは」と、ぼくは書き写してしまう。「内へ内へと」は「内へ内へ」となってしまい、「内へと」なのかと思い、書き直す。「明かるく」は「明るく」にしてしまう。「海岸通りのほうへ」も、最初は「海岸通りの方へ」と書いて、あとから訂正。ひらがなにするか、漢字にするか。ことばをつづけるのか、離すのか。人さまざまなので、たったこれだけのことをしても個人の壁にぶつかるのだ。表現を読むことは、個人を読むことなのだ。大きな庇の下には、いないのだ。人はみな個人タクシーなのだ、と思うのだ。その個人タクシーが、海岸通りのほうへ、「消えてゆく」のであり、「消えていく」のではないのだ、と。

眼の時間

五月、いなかに行った。実家で、数か月ぶりに過ごした。ふだんは誰もいない家だ。夜おそくに、洗濯をした。外に干すことにした。ガラス戸をあけたところに、アルミの物干し竿があるので、そこに洗ったものをぶらさげればよいのだが、その竿も、さびて、折れてしまって、庭のところに捨てた状態だ。修繕するのもおっくうなので、外に面した家の中で干すことにした。ビニールのひもをかけて。朝になれば、日ざしがあるから乾くだろう。戸をひろくあけたから風が入り、乾くのもそれだけ早くなるかも。というわけで、戸をあけて、縁先に干すことにした。

あちらこちらに、すきまがある家なので、あまり好きではない生き物が、すきをみて入ってくる怖れがある。さっそく猫がやってきた。こちらを見て、おどろき、去っていった。なぜおどろいたかはわからない。困るのは、へびだ。七、八年に一回くらい、家のなかで見つける。

テレビでは野球中継だ。あまり興味のないカードだったが、男は野球が好きなので、どんな試合も楽しむことができる。でも、へびが、いつなんどき入ってくるかわからない。夏も近いので、そのへんにいることだろう。というわけで、ぼくは右のほうにあるテレビで野球を三〇秒ほどみると、すぐ首を反対側に向けて、左の縁側を見るのだ。さっと、すばやく。これを繰り返すのである。いつ来るのかわからないので、この方法なのだ。こっちを見たら、あっちを見るで、めまぐるしい。戸をあけるという方法を一個人がとった以上、それをつらぬきとおすしかない。途中でやめたいが、コーチも審判もいない。誰かが合図を送ってくれるわけではないので、終わることはできない。意識の空白期があり、自分がしていることを忘れ、長くテレビを見ていることもある。この間に、へびが入ったのではないか。不安にさいなまれる。油断はできないのだ。

数時間、その状態がつづいた。静かだった。すでに入ったのかもしれない。

五時と六時

宇野浩二（一八九一—一九六一）に「二つの會——十一月十四日の事」という、やや長い随想がある。一九三六年（昭和一一年）の「文學界」一月号に発表、『宇野浩二全集』第一二巻（中央公論社・一九七三）所収。「二つの會」とは同じ日にあった、東京での会合のことだ。宇野浩二（当時四四歳）は前年の一一月一四日に、その二つの集まりに出席した。以下、新字新仮名で。

一つは、林芙美子（当時三一歳）の『牡蠣《かき》』の出版記念会だ。「放浪記」で人気を高めた女性作家の新作を祝うもので、案内状には「秋麗燈火なつかしき頃あなたのお暇をおさき下され御出席のほど願い上げます」。発起人は川端康成、菊池寛、徳田秋声、島崎藤村、長谷川時雨など一一名。丸の内、明治生命地階「マアプル」。市電馬場先門下車。午後五時から。

もう一つは、武者小路実篤らの新しき村祭（新しき村誕生一七年）。深川、大正記念館。市電深川区役所前下車。こちらは一時間あとの午後六時から。案内状には「去年の祭が失敗であっただけ、今年のお祭は待ちどおしかったわけです」「茶菓を食べながら皆さんと底ぬけに楽しい一夜を送りたく思っています。演説、狂言、唄踊、その他、僕たちらしい本音と、誇りを余興の中に生かして見せる決心です」。『牡蠣』の案内状は、活版刷り。「新しき村」は謄写版刷り。

宇野浩二はまず、六時に『牡蠣』の会にでかけた。「百人以上の呉越同舟の会合」で、女性客も多く、とてもはなやか。席がない。萩原朔太郎が「困った、困った、……ここへ入れてくれ」というほどだ。このあと同席した広津和郎らと、宇野浩二は「新しき村」の会へ移動。こちらは二、三〇人の「気のそろった人たちの会合」。案内状の通り、出し物も多く、武者小路実篤は自作の戯曲「だるま」の主人公を演じる。簡単なセリフを忘れるが、そういう過失も「見る人々に好感をいだかせた」。彼はまた「レンブラント」「老いたるレンブラント」の詩を朗読。最後に呼び物の福引をひくと、「広津和郎は六等で武者小路の色紙が当り、私は十七等で本のカバァアが当った」。帰りにもらった色紙には、「秋に柿あるは目出たし　実篤」。それから一週間たったいま、「新しき村」の会のほうは「だるま」の残像もあって、ありありと思い浮かぶが、『牡蠣』の会の印象は、「次第に記憶から薄らいで行くように思われる」。

昭和一〇年は、日中戦争の始まる二年前。プロレタリア文学といわず文学全体が自由を奪われた時期だ。この年あたりから、息を吹き返した大家たちの大作が発表されて、「文芸復興」の扉が開かれたが、林芙美子に期待を寄せる人たちも、理想社会を夢見る「新しき村」の人たちも、方向の見えない空気のなかで生き方を模索していた。宇野浩二は、二つの会合を通りぬけることで、一つの時代を描いたことになる。それにしても気になるのは、「新しき村」の案内状の「去年の祭が失敗であった」だ。どういうことなのか。どういうことかは別にして、「失敗」とはっきり書くのである。きっと「失敗」だったのだろう。

会合は、どんなに少人数のものであっても、そこには社会が生まれる。集まった人は、そのときそこが、この世の中心であると感じ、他のことはかすんでしまう。その気分を味わうことが、その感覚にひたり切ることが、会合に出るということなのだ。二つの会合をはしごすると、一か所の世界を十分に感じ切ることがないまま、二つの会合を経験する。そのためにそれぞれについて何かを少しでも書き足していこうとつとめることになる。宇野浩二の文章が長くなったのは、そのためだろう。

書物の解釈

吉田精一（一九〇八―一九八四）は、古典から現代までを批評と研究の対象とした。詩歌、戯曲も含めた、すぐれた文学案内書を著述した人だ。こういう広範な知識と視野をもつ人はそのあとあまり現れていない。

吉田精一の『現代詩』（学燈文庫・一九五三）は、一〇代の人たちのための解説書だ。対象詩人は島崎藤村、土井晩翠から三好達治、草野心平あたりまで。中学、高校の教科書に収載の作品も加えて「近代詩を一通り見通せるようにした」。この本が出る段階で、すでに田村隆一、鮎川信夫など現代詩の人たちが登場していたが、まだ始まりだったので、そこにはふれていない。だから書名は、単純な時期区分でいえば『近代詩』でいいのだが、『現代詩』なのだ。同シリーズの現代短歌、現代俳句、現代評論と合わせたためかと思われる。

本書は、翻訳にも一項をもうける。以下は「訳詩鑑賞」の一節。英語、ドイツ語など原詩も掲載。まずはロバート・ブラウニング（一八一二―一八八九）の「春の朝」。表記は本書による。

「春の朝」　　　　ブラウニング

時は春、
日は朝《あした》、
朝は七時、
片岡に露みちて、
揚雲雀《あげひばり》なのりいで、
蝸牛《かたつむり》枝に這ひ、
神、そらに知ろしめす。
すべて世は事も無し。
（上田敏訳）

神のしろしめす宇宙の平和をたたえる詩だ。いまは見かけない内容の詩だが、これはこれで知っておきたい、大切な詩だ。注によると「片岡」とは「一方の高くなった岡」。そうなのかと、ぼくは思う。上田敏は原詩を忠実に訳した。ただし「揚雲雀なのりいで」は、原詩では雲雀が飛んでいるだけ。ここでは「鳴き声」を登場させ、「なのりいで」とした。すばらしい訳だ。格段に語彙がゆたかでないと、この日本語は現れない。「一行の音数が五音・七音・十音としだいに増しているのは、七五調のように流麗でもなく、五七調のように重厚でもないが、詩の内容にふさわしい調和的な形式と言えよう」。生徒向けの本としては、かなり踏み込んだ記述だ。こういう本があることだけでも昔はしあわせだ。次は、知らない人はまずいない名訳、カール・ブッセ(一八七二―一九一八)の「山のあなた」。

「山のあなた」　　カール・ブッセ

山のあなたの空遠く
「幸《さいはひ》」住むと人のいふ。
噫《ああ》、われひとゝ尋《と》めゆきて、
涙さしぐみ、かへりきぬ。
山のあなたになほ遠く
「幸」住むと人のいふ。

(上田敏訳)

吉田精一は記す。現実の生活にみちたりず、「未知の幸福をあこがれ求め、ついに求めえず失望する人生の姿、しかもなお、どこか遠いところに未知の幸福があるという人々のことばに動かされないではいられない人間の心、それを詠嘆するような気息がみごとに写されている」。最初の二行は、最後にも、ほぼ同形で出るが、「前者には幸福への希望が強く感じられるのに対し、後者ではその希望はよほどかすかになって、祈りめいた感情によってささえられる、詠嘆的なつぶやきのような語気が感じられ、首尾応じてこの作に余韻を深める効果をあげている」。「尋めゆきて」、「涙さしぐみ」も実にみごとな表現だと思う。五音、七音の制約があるために苦心があるが、だからこそ日本語のよいところ、美しいところが引き出されるのだ。吉田精一は一つ一つのことばに目をとめ、しっかりと心をのせて書いている。詩を十分によみとることが人間や社会をよみとることと深くつながるのだとあらためて感じる。対象となった詩は、遠いところにあるものではない。そこには、ことばにおいて意識において現代につながる世界がある。現代という時代の明かりともなる。だから『現代詩』はふさわしい題だともいえるのだ。

近代文学の解釈と鑑賞の書物は、一九七〇年代ころまではたくさん出ていた。吉田精一、塩田良平などの著作が特に知られた。明治・大正期の小説や詩には古いことばやことがらがたくさん出るので、説明が必要になる。そのときに、なくてはならない書物だった。だがそれ以降になると、古いことばやことがらを扱う作品は少なくなる。こまかい考証や注釈にこだわっている解釈と鑑賞の本は、時代遅れのものと映った。でも実は解釈と鑑賞の本は、ただこまかいだけではなく文学表現のよみとり方をとてもていねいに教えてくれたのだ。そこで行きかう文学的な知識、こまやかな視線の動きは次第に不要のものとみられるようになり、そのために文学の理解はせばめられる結果になった。今日の文芸誌に掲載される文芸批評は知識と情報を押し出し、一見高級な印象を与えるけれど、対象となることばや文章を読みとる点では粗雑であることが多い。内容も自身の知見を披露するばかりで、文学の基本理解を欠いた現代の読者のためのものとはなっていない。つまりそれは明らかに現代という時代を見失っていることであり、時代遅れなのである。吉田精一の本を開くと、もっと教えてほしいという気持ちが起きる。文学について知ってみたいという思いを知ることになるのだ。

職業

『私たちの将来・私たちの職業』全二七巻（三十書房）は、中学を卒業して仕事に就く生徒たちのために、紡績工場、製鉄いもの工場などの職場や、農業・林業、美容師、洋裁師、警察官、公務員、芸術家などの仕事を案内するシリーズだ。

第一九巻『印刷・製本工場』（一九五八）は、青森で中学を終えて上京し、印刷所で働くことになった進君を主人公に進める。進君は「高等学校へ進学することは、考えてもみなかったし、中学を終えたら、東京へ出てはたらくことに、希望とあこがれさえいだいていた」。進君は、次第に仕事をおぼえていく。その成長過程を描く。

印刷がひろく利用され、発展してきた理由を、著者は次のようにまとめる。「第一に、たやすく、急速に、しかも大量に複製することができること。／第二に、印刷はふつう紙にするので、取りあつかいがらくだし、かんたんにひろい範囲の地域にくばることができること。／第三に、ラジオや映画とちがって、保存される性質をもつこと。／第四に、印刷が精巧におこなわれると、模造されることが困難であること」。第五では、「印刷のもつ美術的な要素」にふれたあと、「このような性質と効用のおかげで、しだいに発展してきた印刷のなかには、さらに文化的、経済的に重要ないみがふくまれているのである」と、「印刷文化」の使命に及ぶ。意義のある、いい文章だと思う。中学を出て、すぐ社会に出る人はいまはとても少ない。印刷の世界も、六一年前の当時とはすっかり様変わりしたが、印刷物の「美術的な要素」という一点だけを見ても、現代が幸福な時代であるとはいえないように思う。監修者の「まえがき」によると、「執筆者には、労働者の関口益二氏をおねがいした」とある。都内の印刷所で働く人が、子どもたちのために、この本を書いたのだ。働きながら書いたのだ。

夜のもぐら

書くこと以外で、いちばん時間をかけるのは教材づくりだ。詩歌、小説、評論の一節を、原著から複写し、拡大・縮小を重ね、切り貼りをし、B4かA3の教材にする。それを受講者に配布するのだ。武者小路実篤「レンブラント」、蔵原伸二郎「昨日の映像」、小野十三郎「葦の地方」、吉岡実「静物」などは短いので右端に据えると、落ち着く。石原吉郎「馬と暴動」は、少し長いので上段左か下段。松井啓子「うしろで何か」は上段左。草野心平の長編の詩「サッコ・ヴァンゼッチの手紙抄」、保田與重郎の評論「日本の橋」の一節などは、一面全体をつかう。四つも五つもあるときはバランスを考えるので時間がかかる。区別の罫線は、定規で引く。これで完成と思ったところ、作品相互の関連がわるい。そのときは家の複写機で五〇枚ほど複写したのに、すべて破棄して最初から構成をやりなおす。神経がへとへとになる。定規を使わず、目の感覚だけできれいに、素早く仕上げることもあるが、そうならないことも多いのだ。テキストとなる作品の版下は二〇〇以上あり、新しいものも加える。箱のなかは名作でいっぱいだ。

「神田川祭の中をながれけり」(久保田万太郎)、「恋びとは土竜《もぐら》のやうにぬれてゐる」(富沢赤黄男)、「ころがりしカンカン帽を追うごとくふるさとの道駈けて帰らん」(寺山修司)など俳句や短歌の一覧もつくるが、これらの作品は何度見ても魅せられるので、思わず作業の手がとまる。余白に入れる小さなカットは、この二〇年ほどは、中尾彰の山里の風景(『田畑修一郎全集』の箱の絵）。これを置くと、気持ちが落ち着く。大沢昌助のカラスの絵もいい。いずれも縮小するので二センチ四方くらいになるが、ぼくが生きているしるしのようなものである。近代・現代文学史一望のリストは主要な作家の著作、顔写真などを配するが、文庫の新刊情報なども入れて、たえず「新版」をつくる。更新すると充実感はあるが、四〇年ほど前、若いときに懸命になってつくったリストのほうが妙に力感にあふれていたりする。話す機会が多いので毎晩のように、つくる。こうして夜が明けていく。「昨日の映像」が、今日の映像となるのだ。

ひととき

中村蕣詩集『かりがね点のある風景』（私家版・二〇一七）を開く。装幀もとても美しい本だ。そのなかの一編「ひととき」は、戦争の光景を記した。

「ひととき」

袖をたくし上げた若い兵士が
スチールヘルメットに水を満たしたなかで
仔犬を洗っている
犬はヘルメットの縁に前脚を掛けながら

こちらを見ている
左目が潰れていた
銃弾を避け損ねたのだろう
塞がれた眼の周りが大きく腫れ上がり
針の穴のように開いている目尻から
血と涙が流れていた
身を以て怪物に出会った最初のことだった

チュニジアのチュニス
一九四三年四月正午ごろの陽差し
前年の十一月北方から上陸したアメリカ軍は
エジプトのイギリス軍に合流して
ドイツ・イタリア軍を挟撃した
ほどなく英米軍側には
北アフリカ全部を占領できる目安がついた或る日の
狭い空地でのひととき

北緯三七度の
アフリカの光に
若い兵士が背後を曝しながら
布裂でいっしんに犬の背中を洗っている
自分自身になりきって
「そうら、綺麗になったよ」
どこからも
なんの音もしない昼

『ロバート・キャパ』より

中村薺は一九三一年、石川県小松市生まれの女性詩人。よみは、なかむらなづな。この詩集には近作二七編が収録されているが、いずれも完成度が高い。「ひととき」は、末尾の注にあるように、報道写真家ロバート・キャパが撮った一枚の写真をもとに書かれた作品のようだ。

若い兵士が「スチールヘルメットに水を満たしたなかで」の「水を満たしたなかで」に引き寄せられる。通常は「満たして」で十分だが、「満たしたなかで」と、ことばを添えるところに作者の心が見える。「針の穴のように」の比喩も、目がしっかりと据えられているしるし。かたときのゆるみもない。以降は、ゆるやかな散文の歩調で、写真の背景と状況を淡々と提示。結びでは、「ひととき」に再び接近し、拡大する。静かに。息をとめて。「自分自身になりきって」の一節はとても大切なところだけれど、少し控えめにしている。そこもすてきだ。そして「なんの音もしない昼」という最後の単純な表現が、強く胸にひびく。何度でも読みたい。そんな作品だ。

「ひととき」をはじめ、詩集のほぼ全作品は書物や音楽、美術、あるいは新旧の人々の姿が主役だ。自分が読んだもの、聞いたこと、出会ったことばを心ゆくまで受けとめる。時間をかけて受けとめる。そこから詩集の世界が生まれた。

小学生

川に沿った道を、いつものように散歩していると、まだ若い母親と、まだ小さい女の子が話している姿が目に入った。「お母さん、あれはあれで、これはこれ」みたいなことだろうか。二人は、足をとめ、くっつくようにして話をしている。川幅はないけれど、向こう岸にあたるので、話のなかみはわからない。少し、こちらが歩いたところで、その子どもが、近くの橋のほうに体を向けて、「あ、小学生だ！」と、小さく叫んだ。

何だろうと思って、ぼくもその方向を見てみると、橋を、ランドセルを背負った女の子が渡って行くのだ。そのうしろ姿を見て、子どもは、小学生を見つけたのである。ランドセルでわかったのだ。

子どもは、四つか、五つくらいだろうか。小学生は、一年生か二年生くらいだろうか。でも、りっぱな小学生なのである。子どもにとって、小学生は、あこがれなのだと思う。その子からみると、小学生は新しい、これからの世界なのだ。楽しみなのだ。その声がとてもよかった。はっきりとして、すみきった声だった。

かなり離れているので、小学生の女の子には、子どもの声は届かない。いつものように歩いている。そしてそのまま、橋を渡りおえていく。でも、子どもの声があったので、小学生の女の子は、こころなしかうれしそうに、もしかしたら小学生であることを誇らしげに歩いているようにも見える。そこまでを見て、ぼくもまたいつもの道を歩いた。これからの世界を歩いた。

あとがき

この本は、この三年間に発表したエッセイから、四五編を選び、書き下ろしの一編「異同」を加えたものだ。「現象のなかの作品」の一章「霧の中の数字」では、数字表記の問題にふれた。そこから引いて、書名は『霧中の読書』とした。

書物について書くことは、霧の中にいるようなものだ。学生のとき、何を書いてもいいといわれたので、小さな雑誌に、ある作家の新刊の書評を書いた。その場ではわからなかったが、あとで見ると、ほとんどが小説のあらすじ。感想の部分がない。初めての依頼に動転し、霧の中に入ったのだ。それが出発だ。いまは少し感想がふえたが、以前の場所も懐かしい。

刊行に際し、今回も、みすず書房編集部の尾方邦雄さんのお世話になった。深く感謝したい。

一部改題し、加筆した。表記は統一せずに、原則として初出のままにした。振り仮名、出典の記載、和暦・西暦、引用の記号、そして数字も同様である。

二〇一九年九月一日

荒川洋治

初出一覧

I

椅子と世界　『東川町 椅子コレクション1』（北海道東川町）二〇一七年六月

風景の時間　「徳島新聞」二〇一八年七月二九日・他＝共同通信社配信

美の要点　『色川武大・阿佐田哲也電子全集3』（小学館）解説・二〇一九年六月

現象のなかの作品　「ひらく」創刊号・二〇一九年五月

荷車の丘の道　「毎日新聞」二〇一九年一月二〇日

乙女の英語　「モルゲン」二〇一七年二月号

ゴーリキーの少女　「毎日新聞」二〇一九年三月一七日

「幸福な王子」の幸福　「モルゲン」二〇一七年六月号

光のなかでリーナは思う　「毎日新聞」二〇一八年六月三日

集落の相貌　「毎日新聞」二〇一八年四月二九日

美しい人たちの町　「毎日新聞」二〇一七年九月二四日

アーサー・ミラーの小説　「毎日新聞」二〇一七年二月一二日

名作の表情　『日本文学全集26近現代作家集Ⅰ』（河出書房新社）月報・二〇一七年三月
情景の日々　「毎日新聞」二〇一八年二月二五日
外側の世界とともに　「毎日新聞」二〇一七年三月二六日

Ⅱ

生原稿　「世界」二〇一八年一〇月号
制作のことば　「新潮」二〇一六年一〇月号
風景の影　『A&Fカタログ2019』（A&F）二〇一九年二月
夢の生きかた　「毎日新聞」二〇一六年九月一八日
詩の時代　『吉本隆明全集16』（晶文社）月報・二〇一八年年六月
ヤマユリの位置　「現代詩手帖」二〇一九年四月号
川上未映子の詩　「文學界」二〇一九年八月号
古代詩の眺望　「毎日新聞」二〇一八年七月一五日
若き日の道へ　「波」二〇一八年一月号
流れは動く　「毎日新聞」二〇一八年一月二一日
平成の昭和文学　「毎日新聞」二〇一九年二月三日
「星への旅」へ　『透明標本　吉村昭自選初期短篇集Ⅱ』（中公文庫）解説・二〇一八年一〇月
文芸評論を生きる　「毎日新聞」二〇一八年一二月二日

モーパッサンの中編　「毎日新聞」二〇一六年一〇月二三日
太陽の視角　「毎日新聞」二〇一七年八月六日
明快な楽しみ　「毎日新聞」二〇一七年六月一八日

Ⅲ

西鶴の奇談　「毎日新聞」二〇一九年五月一二日
与謝野晶子の少女時代　「毎日新聞」二〇一八年一〇月二八日
第一印象の文学　「毎日新聞」二〇一八年八月一九日
ことばは話す　「星座」81号・二〇一七年四月／82号・二〇一七年七月
底にある本　「モルゲン」二〇一七年七、八月号
群落　「毎日新聞」二〇一六年一二月二五日
明日の夕方　「モルゲン」二〇一六年一二月号
離れた素顔　「モルゲン」二〇一六年一一月号
テレビのなかの名作　「モルゲン」二〇一七年九月号
姿勢　「モルゲン」二〇一六年一〇月号
幻の月、幻の紙　『ドゥ　マゴ　パリ　リテレール15』(Bunkamura)　二〇一八年四月
垣根をこえて　「毎日新聞」二〇一九年六月二三日
激動期の青春　「毎日新聞」二〇一九年七月二一日
平成期の五冊　「朝日新聞」二〇一九年五月一日夕刊
異同　書き下ろし

著者略歴

（あらかわ・ようじ）

現代詩作家．1949年4月18日，福井県三国町生まれ．早稲田大学第一文学部を卒業．1980年より著作に専念．1996年より肩書を，現代詩作家（みずからの造語）とする．詩集に『水駅』（書紀書林・第26回H氏賞），『あたらしいぞわたしは』（気争社），『渡世』（筑摩書房・第28回高見順賞），『空中の茱萸』（思潮社・第51回読売文学賞），『心理』（みすず書房・第13回萩原朔太郎賞），『北山十八間戸』（気争社・第8回鮎川信夫賞），評論・エッセイ集に『忘れられる過去』（みすず書房・第20回講談社エッセイ賞），『文芸時評という感想』（四月社・第5回小林秀雄賞），『詩とことば』（岩波現代文庫），『文学のことば』（岩波書店），『過去をもつ人』（みすず書房・第70回毎日出版文化賞書評賞）など．2019年，恩賜賞・日本芸術院賞を受賞．

荒川洋治

霧中の読書

2019 年 10 月 1 日　第 1 刷発行

発行所 株式会社 みすず書房
〒113-0033 東京都文京区本郷 2 丁目 20-7
電話 03-3814-0131（営業） 03-3815-9181（編集）
www.msz.co.jp

本文印刷所 精興社
扉・表紙・カバー印刷所 リヒトプランニング
製本所 松岳社

Printed in Japan
ISBN 978-4-622-08845-5
［むちゅうのどくしょ］